우리 고전 다시 읽기

옹고집전

옹고집전

구인환(서울대 명예교수) 엮음

좋은 책 좋은 독자를 만드는—

㈜신원문화사

머리말

　수천년 동안 한 민족이 국가의 체제를 갖추어 연면한 역사와 전통을 계속해 왔다는 것은 인류 역사를 살펴봐도 그렇게 흔한 일이 아니다. 그리고 그 민족이 고유한 문자를 가지고 후세에 길이 전할 문헌을 남겼다는 것은 더욱 흔한 일이 아닐 것이다.

　이러한 면에서 볼 때 우리 한민족은 세계 어느 나라와 비교해도 손색없고, 자랑스러운 역사와 전통을 이어왔다. 우리 한민족은 5천 여 년의 기나긴 역사를 통하여 수많은 외세의 침략을 받아 백척간두의 국난을 겪으면서도 우리의 역사, 한민족 고유의 전통을 면면히 이어온 슬기로운 조상이 있었다. 이러한 까닭으로 오늘날 빛나는 민족의 문화 유산을 이어받은 것이다.

　고전 문학(古典文學)이란 실용성을 잃고도 여전히 존재할 만한 값어치가 있고, 시대와 사회는 변해도 항상 시대를 초월하여 혈연의 외침으로 우리의 공감대를 울려 주기에 충분한 문화적 유산이다. 그러므로 오늘을 사는 우리들은 조상의 얼이 담긴 옛

문헌을 잘 간직하여 먼 후손들에게까지 길이 이어주어야 할 사명감을 가져야 할 것이다.

고전 문학, 특히 국문학(國文學)을 규정하는 기준이 국어요, 나라 글자라면 우리 민족의 생활 감정을 표현한 국문 작품이야말로 진정한 국문학이 된다 할 것이다.

그러나 우리 고유 문자의 탄생은 오랜 민족 역사에 비해 훨씬 후대에 이루어졌다. 이 까닭으로 우리 민족은 일찍부터 외국의 문자, 즉 한자가 들어와서 사용했다. 이처럼 우리 선조들이 고유 문자가 없음을 한탄할 때에, 세종조에 와서 마침 인재를 얻어 훈민정음이 창제되었다. 하지만 여전히 한자가 독보적인 행세를 하여 이 땅에 화려한 꽃을 피웠다. 따라서 표현한 문자는 다를지언정 한자로 된 작품도 역시 우리 민족의 생활 감정을 나타낸 우리의 문학 작품이다. 이러한 귀결로 국·한문 작품을 '고전 문학'으로 묶어 함께 신기로 했다.

우리 글이 창제된 이후에도 우리 선조들의 손으로 쓰여진 서책이 수만 권에 달한다. 그 가운데에서 국문학상 뛰어난 몇몇 작품을 선정하는 것은 물론 산재해 있는 문헌의 자료를 수집하기 위해 숨어 간직되어 있는 작품을 찾아내는 것도 여간 어려운 일이 아니었다. 그럼에도 이만한 성과를 거두고 이만한 고전 문학 작품을 추리는 것은 현재를 삼는 우리의 당연한 책임이자 의무이다. 다만 한정된 지면과 미처 찾아내지 못한 더 많은 작품이 실리지 못한 것이 아쉬울 따름이다.

엮은이 씀

차례

옹고집전

옹정 옹연(雍井雍淵)[1]의 옹진(雍眞)골 옹당촌(雍堂村)에 한 사람이 살았으니, 성은 옹(雍)이요, 이름은 고집(固執)이라.

성벽(性癖)이 고약하여 풍년을 좋아 아니하고, 심술이 맹랑하여 매사를 고집으로 하더라.

가사(家事)를 볼작시면 석숭(石崇)[2]의 부자와 도주공(陶朱公)[3]의 성세(聲勢)를 부러워 아니하더라. 앞뜰에 노적(露積)이요, 뒤뜰에 장옥(牆屋)[4]이라. 울밑에 벌통 놓고, 오동 심어 정자(亭子) 삼고, 송백(松柏) 심어 차면(遮面)하고, 사랑 앞에 연못 파고, 연못 위에 석가산(石假山)[5]을 무어 놓고, 석가산 위에 일

---

1) 옹달우물과 옹달연못.
2) 중국 진(晉)나라 때의 거부이자 문장가.
3) 중국 춘추 시대의 초인(楚人). 월나라의 재상이었다가 후에 제나라에 가서 크게 부자가 되어 '도주공의 부'를 이루었다고 함. 범여를 가리킴.
4) 담장.
5) 돌로 쌓아 만든 작은 산.

간 초당(一間草堂)을 지었으되, 네 귀에 풍경(風磬)이라.

경경(耿耿)히 맑은 소리 풍편(風便)에 흔들리고 못 가운데 금붕어는 물결 따라 뛰노는데, 동정(東庭)의 모란화는 반만 피어 너울너울, 왜철쭉·진달래는 아주 피어 삼월 춘풍 모진 바람 되게 맞아 떨어지고, 서편의 앵도화는 담장 안에 너울너울, 영산홍(映山紅)·자산홍(紫山紅)은 물에 비치어 방금 작작 웃어 있고, 매화·도화 만발한데 사랑 치레 찬란하다.

팔작(八作)집[1]·어간대청(御間大廳)[2]·삼층난간(三層欄干)·세살창문[3]·들장지[4]·영창[5]·안팎걸쇠[6]·구리사복[7]·쌍룡(雙龍) 새긴 손잡이는 온갖 채색 영롱하여 반공중에 솟아 있고, 별앞닫이·팔첩병풍(八疊屏風)[8]·요강 대야 밀쳐 놓고, 며늘아기 명주(明紬) 짜고 딸아기 수(繡)놓으며, 곰배팔이 삿 꾀이고, 앉은뱅이 방아 찧고, 팔십 당년(八十當年) 늙은 모친 병들어 누웠는데, 닭 한 마리 약 한 첩도 봉양은 아니하고 조반석죽(朝飯夕粥)[9] 대접하니, 냉돌방에 홀로 누어 섧게 울며 하는 말이,

"너를 낳아 길러 낼 제 애지중지 나의 마음, 보옥(寶玉)같이 사랑하여 어루만져 하는 말이 '은자동(銀子童)아 금자동(金子童)아, 무하자태(無瑕姿態) 백옥동(白玉童)아, 천지 만물 일월동

1) 지붕 네 귀에 모두 추녀를 단 집.
2) 방과 방 사이에 있는 큰 마루.
3) 창살을 가늘게 만들어 단 창문.
4) 들어 올려서 매달아 놓은 장지.
5) 방과 마루 사이에 낸 미닫이.
6) 안팎에 단 걸쇠.
7) 구리로 된 돌쩌귀.
8) 여덟 폭 병풍.
9) 아침에는 밥, 저녁에는 죽을 먹는 것. 잘 먹지 못함을 비유.

(日月童)아, 아국사랑 간간동(衎衎童)[10]아, 하늘같이 어질거라,
땅같이 너그럽거라. 금을 준들 너를 사랴. 은을 준들 너를 사
랴. 천상인간(天上人間) 무가보(無價寶)[11]는 너 하나뿐이로다.'
이같이 사랑하여 너 하나를 길렀더니 천지간에 이런 공을 모르
느냐. 옛날 왕상(王祥)[12]이는 얼음 속에 잉어 낚아 부모 봉양하
였으니, 그렇지는 못하여도 불효는 면하여라."

불측(不測)한 고집이놈이 어미 말 대답하되,

"진시황(秦始皇) 같은 이도 만리 장성 쌓아 두고 아방궁(阿房
宮)[13] 높이 지어 삼천 궁녀 시위(侍衛)하여 천년이나 살았더니,
이산(離山)의 일분총(一墳塚)[14]을 못 면하여 죽어 있고, 백전백
승(百戰百勝) 초패왕(楚霸王)[15]도 오강(烏江)에 죽어 있고, 안연
(顔淵)[16] 같은 현학사(賢學士)도 30에 조사(早死)커든 오래 살아
무엇하리. 옛글에 하였으되, '인간칠십고래희(人間七十古來稀)'
라 하였으니, 팔십 당년 우리 모친 오래 살아 쓸데없네. 수즉다
욕(壽則多辱)[17] 우리 모친 뉘라서 단명(短命)하리. 도척(盜跖)[18]
이 같은 몹쓸 놈도 천추(千秋)에 유명커든 무슨 시비 말할손
가."

이놈 심사 이러한 중에 또한 불도(佛道)를 능멸하여 무죄한

---

10) 가장 똑똑한 아가.
11) 매우 귀중함. 값을 매길 수 없을 정도로 아주 귀한 보배.
12) 중국 진나라 때의 효자.
13) 호화로운 궁전을 말함.
14) 한 무덤.
15) 항우.
16) 공자의 수제자.
17) 오래 살아 욕되는 일이 많음.
18) 중국 춘추 시대의 악인.

중 곧 보면 결박하여 귀뚫기와 어깨 타고 뜸질하기 유명하더라. 이놈 욕심 이러하니 옹가집 근처에는 동냥중이 갈 수 없다.

이때에 월출봉(月出峰) 취암사(聚庵寺)에 한 도사(道士)가 있으되, 높은 술법은 귀신도 측량치 못할레라. 학 대사를 불러 하는 말이,

"옹당촌에 옹좌수(雍座首)라 하는 놈이 불도를 능멸하고 중을 보면 원수같이 한다 하니, 그놈의 집에 가서 책망하고 돌아오라."

학 대사 거동 보소. 헌 굴갓[1]·마의장삼(麻衣長衫)[2]·백팔염주(百八念珠) 목에 걸고 육환장(六環杖)[3]을 손에 들고 허위허위 내려오니, 계화(桂花)는 작작하고 산조(山鳥)는 슬피 울어 갈 길을 재촉한다.

화우석양[4]에 옹가집 다다르니 어간대청 넓은 집에 네 귀에 풍경 달고 안팎 중문 솟을대문 좌우로 열렸는데, 목탁을 딱딱 치며 권선(勸善)을 피어 놓고 염불로 배례할 제,

"천수천안관자재보살(千手千眼觀自在菩薩)[5] 주상전하(主上殿下) 만만세, 왕비전하(王妃殿下) 수만세(壽萬歲), 시주(施主) 많이 하옵소서. 극락세계로 가오리다. 아미타불(阿彌陀佛) 관세음보살(觀世音菩薩)."

이때에 종할미 중문에 의지하여 하는 말이,

"노장노장(老長老長) 저 노장아, 소문도 못 들었나. 우리 댁

---

1) 대로 만든 갓으로, 벼슬 있는 중이 썼음.
2) 베로 만든 소매가 긴, 중의 웃옷.
3) 중이 짚고 다니는, 위에 여섯 개의 고리가 달린 지팡이.
4) 노을진 석양녘.
5) 관세음보살의 하나. 손과 눈이 천 개 있음. 복을 주는 보살.

좌수님이 초당춘수족(草堂春睡足)[6]한데 기침도 아니하였으니 만일 잠을 깨거더면 동냥은 고사하고 귀뚫리고 갈 것이니 어서 바삐 돌아가소."

저 노장 대답하되,

"고루거각(高樓巨閣) 높은 집에 중의 대접 그러할까. 적악지가(積惡之家)에 필유여앙(必有餘殃)이요, 적선지가(積善之家)에 필유여경(必有餘慶)이라[7] 하나이다. 노승이 영암(靈岩) 월출봉 취암사에 사옵더니, 법당(法堂)이 퇴락하여 불원천리(不遠千里)하고 귀댁에 왔사오니 황금 1천 냥만 시주하옵소서."

합장 배례하며 목탁을 두드리니, 옹좌수 거동 보소. 밀랑문을 열치면서,

"어찌 그리 소란하냐!"

종놈이 여쭈오되,

"문 밖에 중이 와서 동냥을 달라 하나이다."

좌수 골을 발끈 내어 성난 눈깔 내두르며 악한 소리 지르면서,

"괘씸한 이 중놈아, 시주하면 어쩐다냐?"

저 노장 대답할 제, 육환장을 눈 위에 높이 들어 합장 배례하는 말이,

"황금 1천 냥만 시주하옵시면 소승의 절에 가서 수륙제(水陸祭)[8]를 올릴 적에 아무 촌 아무라 축원을 올리오면 소원대로 되

---

6) 초당에서 봄 낮잠을 달게 자고 있음.《삼국지연의》의 제갈량의 시 구절.
7) 악을 베푸는 집에 반드시 재앙이 있고, 선을 베푸는 집에 반드시 경사가 있다는 뜻.《주역》에 있는 말.
8) 불교에서 물이나 땅에 있는 귀신을 위해 재를 올리고 경을 읽는 행사.

나이다."

옹좌수 하는 말이,

"가소롭다, 네 말이여. 천생만민(天生萬民) 마련할 제, 부귀빈천(富貴貧賤)·유무자손(有無子孫)·복불복(福不福)을 분별하여 내었거든, 네 말대로 하려기면 가난할 이 뉘 있으며, 무자(無子)할 이 뉘 있으리. 진속(眞俗)[1]에 일렀으되 '이중말(二中末)은 중이라'[2], 너의 마음 고약하여 부모 은혜 배반하고 삭발위승(削髮爲僧)[3] 부처의 제자 되어 아미타불 거짓 공부, 어른 보면 동냥 달라, 아해 보면 가자 하고 불충불효(不忠不孝) 너의 행실 내 이미 알았으니, 동냥 주어 무엇하리."

저 노장 대답하되,

"청룡사(靑龍寺)에 축원하여 만고 영웅 소대성(蘇大成)[4]을 낳아 갈충보국(竭忠報國)[5]하여 있고, 천수공부(千手工夫)[6] 고집하여 주상전하(主上殿下) 수만세를 조석으로 발원(發源)하니, 갈충보국 아니오며 이 부모 보은 아니리까. 그런 말씀 마옵소서."

옹좌수 하는 말이,

"네 무슨 지식이 있느냐. 나의 관상(觀相)하여 다오."

노장 가로되,

"좌수님 상(相)을 살펴오니 눈썹이 길고 미간(眉間)이 넓으니 성세(聲勢)는 요족(饒足)하나, 누당이 곤하시니 자손이 부족하

---

1) 한문 속담인 듯.
2) 사람 중에서 가장 못난 것은 중이라.
3) 머리 깎고 중이 됨.
4) 우리 나라의 고대 영웅 소설인 〈소대성전〉의 주인공.
5) 충성을 다해 나라를 도움.
6) 천수다라니경, 즉 천수관음보살의 공덕을 찬양하는 경문을 외는 일.

고, 면상(面相)이 좁으니 남의 말은 아니 듣고, 수족(手足)이 작으니 오사(誤死)도 할 듯하고, 말년에 상한병(傷寒病)[7]을 얻어 고생하다 죽사오리다."

옹좌수 성을 내어 종놈을 부르되,

"돌쇠 · 뭉치 · 깡쇠야, 저 중놈 잡아내라!"

저 종놈 거동 보소. 눈둘을 부릅뜨고 천둥같이 달려들어 헌 굴갓 벗겨 내던지고 두 귀 덤벅 잡아 높은 석상(石上) 휘휘 둘러 동댕이질쳐 잡아내니, 좌수가 호령하되,

"완증(頑憎)[8]한 이 중놈아, 들어 보아라. 진도남(陳圖南) 같은 이도 중을 불가(不可)하다 하고 운림처사(雲林處士)[9] 되었으니, 너 같은 완증한 놈이 거짓 불도 칭탁하고 남의 전곡(錢穀) 달라 하니, 너 같은 놈을 그저 두랴."

귀를 뚫고 태장(笞杖)[10] 삼십도(三十度)를 맹치(猛治)[11]하여 끌어 내치니, 학 대사 높은 술법으로 완연히 몸을 보존하여 돌아가서 사문(沙門)[12]에 들어가자, 제승이 영접하여 연고를 물으니 학 대사 대답하되,

"여차여차하였노라."

제승이 대답하여 가로되,

"스승의 높은 술법으로 염라왕(閻羅王)께 전갈하여 강림도령(降臨道令) 차사(差使) 놓아 옹고집을 잡아다가 지옥에 엄수(嚴

---

7) 추위로 생긴 병.
8) 못되고 미움.
9) 자연 속에 파묻혀 사는 선비.
10) 볼기를 치는 매.
11) 매우 침.
12) 절의 대문.

囚)하여 영불출세(永不出世)하게 하옵소서."

"그는 불가하다."

"그러하오면 해동청(海東青) 보라매 되어 청천운간(青天雲間) 높이 떠서 서산에 머물다가 표연히 달려들어 옹가 대가리를 발로 덥벅 쥐고 두 눈을 익은 수박 파듯 하여이다."

"아서라, 그도 못하리라."

"그러하오면 만첩청산(萬疊青山) 맹호 되어 야삼경 깊은 밤에 담장을 넘어가서 옹가를 물어다가 산고곡심(山高谷深) 무인처(無人處)에 뼈 없이 먹사이다."

"그도 또한 못 하리라."

"그러하오면 신미산 여우 되어 채의단장(彩衣丹粧) 곱게 입고 호색(好色)하는 고집의 품에 누워 단순호치(丹脣皓齒) 반개(半開)하여 좋은 말로 옹 고집을 속일 적에, '첩은 본래 월궁선녀(月宮仙女)로 상제(上帝)께 득죄하여 인간에 내치시매 갈 바를 모르더니, 산신(山神)이 지시하여 좌수님과 연분 있다 하옵기로 찾아왔나이다' 하여 온갖 교태 내보이면 옹가 필경 대혹하여 등 치며 배 만지며 온갖 희롱하다가 촉풍상한(觸風傷寒)[1]나서 죽게 하옵소서."

"아서라, 그도 못 하리라."

학 대사 거동 보소. 괴이한 꾀를 내어 짚 한 묶음 내어 놓고 허인(虛人)을 만들어 놓고 보니, 분명한 옹고집이라. 부적(符籍)을 써 붙이니 이놈의 화상(畵像) 보소. 말머리 · 주걱턱이 하릴없는 옹갈레라.

---

1) 찬바람을 쐬어 병이 남.

옹가 집 찾아가서 사랑문 열고 분부할 제,

"늙은 종 돌쇠·뭉치·깡쇠야, 어이 그리 거만하냐. 말 콩 주고 여물 썰어라. 춘단(春丹)아, 방 쓸어라."

하며 천연히 앉았으니 분명한 옹좌수라. 실옹가(實雍歌)가 들어오며 하는 말이,

"어떤 손님이 와서 사랑을 요란케 하느냐?"

허옹가(虛雍歌) 나앉으며,

"그대 어인 사람으로 예없이 들어와서 주인인 체하느뇨?"

실옹가 성을 내어 호령하며 가로되,

"네가 나의 형세 유여(裕餘)함을 듣고 재물을 탈취하려고 돌입내정(突入內庭)[2]하였으니, 깡쇠야, 이놈 잡아내라."

종놈들 대답하고 달려드니, 허옹가 나앉으며 호령하여 가로되,

"깡쇠야, 저놈 잡아내라."

노복들이 얼척없이 이도 보고 저도 보니, 이 옹, 저 옹이 같은지라. 양옹(兩雍)이 상투(相鬪)하니, 백운심처(白雲深處) 처사(處士) 찾기는 쉬울지나, 백주당상(白晝堂上) 차방중(此房中)에 우리 댁 좌수님은 찾을 가망 전혀 없어, 묵묵부답(默默不答)하고 안으로 들어가서 하는 말이,

"일이 났소, 일이 났소. 아씨님 일이 났소. 사랑에서 일이 났소. 우리 댁 좌수님이 둘이 되었으니, 보는 바 처음이라. 가중의 이런 변이 세상에 또 있는가."

마누라님 이 말 듣고 대경실색(大驚失色)하여,

---

2) 뜰 안으로 들어옴.

"애고애고, 이게 웬말이냐. 너의 좌수님이 중을 보면 결박하고 악한 형벌 무수하고, 불도를 능멸하며 팔십 당년 늙은 모친 박대한 죄 없을소냐. 지신(地神)이 발동하고 부처님이 도술하여 하늘이 주신 죄를 인력으로 어이하리."

춘단 어미 바삐 불러,

"네가 나가 진위(眞僞)를 알아 오라."

춘단 어미 바삐 나와 문틈으로 내다보니, '네가 옹가다, 내가 옹가다' 하며 서로 호령하니, 언어동정(言語動靜)·이목구비(耳目口鼻) 두 좌수 똑같으니 춘단 어미 하는 말이,

"수지오지자웅(誰知烏之雌雄)[1]이라, 게 뉘라 알아볼까."

안으로 들어가며,

"마나님, 소비(小婢)는 알 수가 전혀 없소."

마누라님 하는 말이,

"너의 댁 좌수님은 새로 좌수하여 도포를 급히 다루다가 불똥이 떨어져서 안자락이 타서 구무[2]가 있으니 글로 보아 알아 오라."

춘단 어미 또 나와 사랑문 열뜨리고,

"알 일이 있사오니 도포를 보사이다. 안자락에 불똥궁기 있삽나이다."

실옹가 나앉으며 도포 자락 펼쳐 뵈니 분명할새 우리 댁 좌수님이라. 허옹가 나앉으며,

"에라, 이년, 요망한 년 가소롭다. 남산(南山) 봉화(烽火) 들제, 인경 치고 사대문 열 제, 순라(巡邏)꾼이 제격일다. 그만 표

---

1) 《시경》에 있는 말로, 누가 까마귀의 암컷과 수컷을 구별할 수 있으랴는 뜻.
2) 구멍.

는 나도 있다."

안자락을 펼쳐 뵈니, 그도 또한 불구무라. 알 길이 전혀 없어 답답한 거동 보소.

"애고애고 마나님, 나가 보옵소서. 소비는 알 수 없소."

마누라님 이 말 듣고 변색(變色)하여 하는 말이,

"우리 둘이 만날 적에 여필종부(女必從夫) 본을 받아 서산에 지는 해를 긴 노로 잡아매고, 살아서 이별 말고 죽어도 한날 죽자 천지로 맹세하고 일월로 증인(證人)터니, 의외에 변이 있으니 꿈이냐 생시냐. 이 일이 웬일인가. 도덕 높은 공부자(孔夫子)도 양호(陽虎)[3]의 얼(孽)을 입었다가 도로 놓여 성인(聖人) 되었으니, 자고로 성인네도 일시곤액(一時困厄)[4] 있거니와, 우리 집에 이런 변이 또 있을까. 내 행실 가지기를 송백같이 굳은 마음 두 낭군이 무삼일꼬."

이같이 자탄할 제 며늘아기 여쭈오되,

"집안의 변을 보매 무슨 체모 있으리까."

사랑문을 열고 들어가니 허옹가 나앉으며,

"아가, 자세히 들어 보아라. 창원(昌原) 마산포(馬山浦)서 너희 신행(新行)[5]하여 올 제, 기마(騎馬) 10여 필에 온갖 기물 실어 두고, 나는 후배(後陪)[6]하여 따라 올 제 상사마(相思馬) 한 필 뒤동걸어 실은 것이 모두 다 파삭파삭 절단나서, 놋동이 한 복판이 떨어져서 쓰지 못하고 벽장에 넣었으니 그도 또한 헛말

---

3) 중국 춘추 시대의 노나라의 정치가. 공자와 얼굴이 닮았다고 함.
4) 한때 당하는 재앙.
5) 신랑이 신부 집으로 가거나 신부가 신랑 집으로 가는 것.
6) 뒤따라 옴.

이냐. 너의 애비는 나로다."

실옹가 나앉으며,

"애고 저놈 보소. 내가 할말 제가 하네. 애고애고 이 일을 어찌하랴. 새아가, 내 얼굴 자세히 보아라. 네 시아비는 내가 아니냐."

며느리 여쭈오되,

"우리 아버님은 두상(頭上)에 금이 있고 금 가운데 백발(白髮)이 있사오니 그 표를 보사이다."

실옹가 나앉으며 머리를 풀고 표를 뵈니, 이 대가리 딴딴하여 송곳으로 찔러도 물 한 점 아니 날레라. 허옹가 나앉으며 요술 부려 흰 털을 빼어다가 저의 머리 붙이니, 실옹가의 표는 쓸데없고 허옹가의 표가 분명하다.

"며늘아가, 내 머리 자세히 보아라."

하니, 며느리 나앉으며,

"예, 우리 시아버님이오."

하니, 실옹가 갖은 복통(腹痛)하여 머리를 와득와득 두드리며하는 말이,

"애고애고, 허옹가는 제 애비 삼고, 실옹가는 구박하네. 기막혀 나 죽겠네. 내 마음 설운 원정 널더러 하여 볼까."

종놈들 거동 보소. 남문(南門) 밖 사정(射亭)[1]에 바삐 가서,

"가사이다, 가사이다, 서방님 어서 가사이다. 일이 났소. 일이 났소. 좌수님이 둘이 되었소."

서방님 거동 보소. 화살 전통(箭筒)[2] 걸어 메고 집으로 바삐

---

1) 활 쏘기 하는 정자.
2) 화살을 넣는 통.

와서 사랑에 들어가니, 허옹과 나앉으며 하는 말이,

"저 건너 최서방에게 작전(作錢) 열 냥 가져온가? 너더러 주라 하였으니, 그 돈에서 한 냥만 술 사 오라 하여라. 분하고 분하다. 이놈이 우리 세간을 앗으려고 이리 한다."

실옹가 나앉으며,

"애고 애고 저놈 보소. 내가 할말 제가 하네."

아들놈 거동 보소. 맥맥상관(脈脈相觀)³⁾ 살펴보니 이도 같고 저도 같고 알 길이 전혀 없다. 허옹가 나앉으며 실옹가의 아들 불러 가로되,

"너의 모(母)께 좀 나오라 하여라. 이렇듯 가변(家變)중에 내외(內外)⁴⁾가 무엇이냐."

한데, 실옹가 아들 거동 보소. 안으로 들어가,

"어머님 어머님, 어서 나가 자세히 살펴보소서."

허옹가, 실옹가의 아내 보고 하는 말이,

"내 말 자세히 들어 보소. 우리 처음 만나 새방(塞房) 차려 동숙(同宿)⁵⁾할 제, 동품하자 하니 괄연불응(恝然不應)⁶⁾하옵기에, 내 다시 개유(開諭)⁷⁾할 제 좋은 말로 자네를 호릴 적에 '이같이 어진 밤은 백년일득(百年一得)⁸⁾뿐인지라. 어찌 허송할까' 하니 그제야 서로 동품하였으니, 그런 일을 생각하여 진위를 분별하소."

---

3) 얼굴을 자세히 살핌.
4) 부녀자가 외간 남자의 얼굴을 바로 보지 않고 피하는 것.
5) 같이 잠.
6) 업신여기며 응하지 않음.
7) 타이름.
8) 백년에 한 번 얻음.

실옹가 아내 생각하되, 과약기언(果若其言)[1] 그런지라. 허옹 가를 실옹가라 하니, 실옹가가 할 수가 없어 갖은 복통하여 눈 에서 불이 나되 어찌 할 수가 없는지라.

실옹가 아내 하는 말이,

"둘이 다 똑같으니 애통하오."

안으로 들어가서 팔자 한탄하는지라. 이때 구불촌 김별감(金 別監)[2]이 와 문 밖에서,

"옹좌수 게 있는가?"

하니 허옹가 나앉으며,

"그게 뉘신가. 허허, 김별감인가. 달포를 못 보았더니 그새 편안한가. 나는 요새 편치도 못하네. 집안에 변이 있어 부지하 허인(不知何許人)[3]이 언어 동정과 형용이 날과 같은 사람이 나 의 재물 뺏으려고 몹쓸 비계(秘計)[4]를 내어 난 체하고 가산을 분별하니, 이러한 변이 어디 또 있는가. '기처(其妻)는 불식야 (不識也)로되 기우(基友)는 식지(識之)라'[5] 하였으니, 자네 나를 모를손가. 지기상통(志氣相通)[6]하는 뜻을 명백히 분별하여 저 사람을 쫓아 주게."

실옹가 이 말 듣고 가슴을 퉁탕 두드리며,

"애고 애고 저놈 보소. 제가 낸 체하고 천연히 앉아 좋은 말 로 그렇듯 말하네. 네가 옹가냐, 내가 옹가지."

---

1) 그 말이 그럴듯함.
2) 별감은 좌수의 다음 자리.
3) 알지 못하는 어떤 사람.
4) 남 몰래 꾸민 꾀.
5) 그의 아내는 알지 못하되 그의 친구는 알아봄.
6) 서로 뜻이 통함.

하고 서로 다툴 적에, 김별감 하는 말이,

"양옹(兩雍)이 옹옹(雍雍)하니 이 옹 저 옹을 분별하지 못하겠네. 관가(官家)[7]에 송사(訟事)[8]나 하여 보소."

양옹이 이 말 듣고 서로 붙들고 관청에 들어가는데, 얼굴도 같고 의복도 같고 머리·가슴·팔뚝·다리·불알까지 같았으니, 기간진위(其間眞僞)[9]를 뉘가 알리요. 실옹가 먼저 아뢰되,

"민(民)[10]이 옹당촌에서 대대거생(代代居生)[11]하옵더니, 천만의외(千萬意外) 부지하허인이 민의 행색같이 하고 들어와서 민의 집을 제집이라 하고 민의 가속(家屬)[12]을 제 가속이라 하오니, 세상에 이러한 흉한 일이 어디 또 있사오리까? 명명(明明)하신 성주(城主)는 이놈을 엄문(嚴問)하와 변백(辨白)[13]하여 주옵소서."

허옹가 또 아뢰되,

"민이 아뢸 말씀 저놈이 다 하였사오므로, 민은 아뢸 말씀이 없사오니, 명백하신 성주는 통촉(洞燭)하와 허실(虛實)을 가려 주옵소서. 인제 죽사와도 여한(餘恨)이 없겠나이다."

사또 분부하되,

"양옹은 각기 기보수(忌報酬)하라[14]."

<hr>

7) 지방 관청.
8) 재판.
9) 그 사이에 놓인 참과 거짓.
10) 백성, 즉 자신을 일컫는 말.
11) 대대로 삶.
12) 집안 식구.
13) 사리를 분명히 밝힘.
14) 서로 이러쿵저러쿵 하지 말라.

하고, 육방하인(六房下人)¹⁾이며 내빈 행객(來賓行客)²⁾모두 살피되 전혀 알 수 없는지라. 형방(刑房)³⁾이 아뢰되,

"두 백성의 호적(戶籍)을 상고하여지이다."

허허, 그 말 옳다 하고 호적색(戶籍色)⁴⁾을 불러 양옹의 호적을 강(講) 받을 제, 실옹가 나앉으며 아뢰되,

"민의 애비 이름은 옹 송이옵고 조(祖)는 만 송이로소이다."

사또(使道) 가로되,

"그놈 호적은 옹송만송하다. 알 수 없으니 저 백성 아뢰어라."

허옹가 아뢰되,

"자아골 김동네 좌정시(坐定時)⁵⁾에 민의 애비가 좌수를 거행하올 때에, 백성을 애휼(愛恤)⁶⁾한 공으로 하여금 연호잡역(煙戶雜役)을 삭감하였기로 경내 유명(境內有名)하오니, 옹돌면(雍乭面) 제일호 유학(幼學)의 옹고집이라. 고집의 연(年)⁷⁾이 37이요, 부학생(父學生)⁸⁾이 옹송이오니 절충장군(折衝將軍)⁹⁾하옵고, 고조(高祖)는 맹송이요, 본은 해주(海州)오며, 처(妻)는 최씨요, 본은 진주(晋州)요, 손자는 골이오니, 연(年)이 19 모인생(戊寅生)이요, 천비(賤婢) 소생이 돌쇠오며, 또 민의 세간을 아뢰리

---

1) 육방과 하인. 육방이란 지방 관아의 이·호·예·병·형·공 등 여섯 부서를 말함.
2) 오신 손님과 지나가는 길손.
3) 지방 관아에서 형벌을 맡아보는 부서.
4) 지방 관아에서 호적을 맡아보는 사람.
5) 처음 자리를 정했을 때.
6) 불쌍히 여겨 은혜를 베풂.
7) 나이.
8) 돌아가신 아버지.
9) 정3품의 무관.

다. 곡식 두태(穀食豆太) 합하여 2천 100석이요, 마구에 기마(騎馬)가 6필이요, 암톨 · 수톨[10] 합 22수요, 암탉 · 장닭 합 60수요, 기명(器皿) 등 안성(安城) 방자 유기 10벌이요, 앞닫이[11] · 반닫이[12]며 이층장 · 화류문갑(樺榴文匣)[13] · 용장(龍欌)[14] · 봉장(鳳欌)[15] · 가께수리[16] · 산수병풍(山水屏風) · 연화병(蓮花屛) 다 있사옵고, 모란 그린 병풍 한 벌은 민의 자식 신혼시에 매화 그린 폭이 뀌어져 고치려 다락에 따로 앉어 두었사오니 글로도[17] 아옵시고, 책은 천자(千字) · 추구(推句) · 당음(唐音) · 당률(當律) · 사략(史略) · 통감(通鑑) · 소학(小學) · 대학(大學) · 논어(論語) · 맹자(孟子) · 시전(詩傳) · 서전(書傳) · 주역(周易) · 춘추(春秋) · 예기(禮記) · 주벽(周壁) · 총목(總目)까지 다락에 쌓아 두고, 은지환(銀指環)이 20켤레요, 금지환이 한 죽이요, 비단 청홍자색 합하여 13필이요, 모시가 30통이요, 명주가 40통이온 중 한 필은 민의 큰딸이 첫몸[18]보아 가점[19]을 명주통에 찡개었더니 피가 조금 묻었사오니 일로 보아도 명백히 알 것이오. 진신 · 마른신[20]이 석 죽이요, 쌍코줄변자[21] 여섯 켤레온 중 한 켤레는 이

----

10) 암돼지 · 수돼지.
11) 장롱의 함.
12) 궤의 한 종류.
13) 붉은 빛이 나는 좋은 목재로 만든 서류궤.
14) 용 무늬를 새긴 장.
15) 봉황새 무늬를 새긴 장.
16) 일본 수제의 일종.
17) 그것으로도.
18) 첫 월경.
19) 개짐.
20) 진신은 진 땅에서 신는 신이며, 마른신은 마른 땅에서 신는 신.
21) 남자용 가죽신의 한 종류.

달 초사흘 밤에 쥐가 코를 새겨 신지 못하와 안벽장에 넣었으
니, 일로도 염문(廉問)¹⁾하와 하나도 틀리거든 장하(杖下)²⁾에 죽
사와도 변백무로(辨白無路)³⁾이오니, 저놈이 민의 세간 이렇듯이
유여함을 듣고 욕심을 내어 송정(訟廷)⁴⁾을 요란케 하오니, 저렇
듯 무도한 놈을 처치하여 후인을 경계하옵소서."

　사또 듣기를 다하매 가로되,

　"그 손이 참 옹좌수라."

하고, 당상에 올려 앉히고 기생을 불러,

　"이 양반께 술 권하여라."

　일색 기생 술을 들고 권주가(勸酒歌) 화답하되,

　"잡수시오, 잡수시오. 이 술 한 잔 잡수시오. 이 술은 술이 아
니라 한무제(漢武帝) 승로반(承露盤)⁵⁾에 이슬 받은 것이오니, 쓰
나 다나 잡수시오."

　옹좌수 홍을 내어 술잔을 받아 들고 하는 말이,

　"하마터면 아까운 세간을 저놈에게 빼앗기고 이런 일등 미색
의 이렇듯 맛난 술을 못 먹을 뻔하였다. 그러나 성주 덕택에 흑
백을 가려 주옵시니, 은혜 백골난망(白骨難忘)⁶⁾이로소이다. 한
순(瞬)⁷⁾ 민의 집에 나오시오. 막걸리 한 잔 대접하오리다."

　"그는 염려 말게. 처치하여 줌세."

---

1) 남몰래 내막을 알아냄.
2) 매를 맞음.
3) 변명을 해도 소용이 없다는 뜻.
4) 재판정.
5) 중국의 한무제가 이슬을 받기 위해 만든 쟁반.
6) 죽어도 잊을 수 없음.
7) 잠깐.

실옹가 불러 분부하되,

"네가 흉측한 놈으로 음흉한 뜻을 두고 남의 세간 탈취하려하니, 네 죄상은 마땅히 의율정배(依律定配)[8]할 것이로되, 고의 안세하니 바삐 어서 물리치라."

대곤삼십도(大棍三十度)[9]를 맹치하여 엄문죄목(嚴問罪目)[10]하되,

"인제도 옹가라 하겠느냐?"

실옹가 생각하되, 만일 옹가라 하다가는 곤장 밑에 죽을 듯하니,

"예, 옹가 아니오. 처분대로 하옵소서."

아전(衙前)[11]이 호령하여,

"장채 안동하여 저놈을 월경(越境)하리라."

하니, 벌떼 같은 군노 사령(軍奴使令) 일시에 달려들어 옹가 상투를 잡아 휘휘둘러 내쫓으니, 실옹가 하릴없이 가슴을 탕탕 두드리며 대성통곡하며 하는 말이,

"답답하다, 내 일이야. 꿈이냐, 생시냐. 어찌해야 옳단 말이냐. 차소위락미지액(此所謂落眉之厄)이로다[12]."

무지한 고집이놈 이제는 개과하여 애통하는 말이,

"나는 죽어 마땅한 놈이거니와 당상학발(堂上鶴髮) 우리 모친 다시 봉양하고지고. 어여쁜 우리 아내 월하(月下)의 인연 맺어 일월(日月)로 본증(本證)삼고 천지로 맹세하여 백년종사하겠더

---

8) 법에 의해 귀양을 보냄.
9) 큰 곤장으로 30대를 때림.
10) 죄를 엄중히 심문함.
11) 양반이 아닌 지방 관아에 딸린 낮은 직책.
12) 이것이 눈앞에 닥친 재앙이구나.

니, 독수공방 적막한데 임 없이 홀로 누워 전전반측(輾轉反側)[1] 잠 못 들어 수심으로 지내는가. 슬하의 어린 새끼 금옥같이 사랑하여 어를 제 '섬마둥둥 내 사랑, 후두둑 후두둑 엄마, 아빠 눈에 암암' 나 죽겠네. 아마도 꿈인가 생신가. 꿈이거든 깨이거라."

홍옹가 거동 보소. 득송(得訟)[2]하고 돌아올 제 의기양양하는 거동 진소위(眞所謂)[3] 제법일다. 얼씨구나 좋을씨고. 손춤 추며 노랫가락 좋을씨고. 이리저리 다니면서 조롱하여 하는 말이,

"허허, 흉악한 놈, 하마터면 우리 고운 마누라 빼앗길 뻔하였다."

하고, 집으로 들어오며 희색이 만안하니, 가중 재인이 득송하였단 말 듣고 잡고 묻는 말이,

"득송하였소?"

"허허, 그리 하였네. 그새 편안히 있는가. 세간은 고사하고 하마터면 자네 놓칠 뻔하였네. 원님이 명찰(明察)하여 주시기로 자네 얼굴 다시 보니 이런 좋은 일 또 있을까. 불행 중 다행이로다."

그렁저렁 날이 저물매 허옹가 실옹가의 아내 데리고 종야(終夜) 언어수작(言語酬酌)[4]하다가 원앙금침 펼쳐 놓고 동침하여 누웠으니, 양인심사(兩人心思) 깊은 정에 좋은 마음 측량없다.

이같이 즐기다가 잠깐 잠을 들어 한 꿈을 얻으니, 하늘에서

---

1) 잠을 이루지 못하고 이리저리 뒤척거림.
2) 소송에서 이김.
3) 참으로.
4) 말을 주고받음.
5) 한때의 헛된 부귀와 영화를 말함.

허수아비 무수히 떨어져 내리거늘 문득 깨달으니 남가일몽(南柯一夢)[5]이라. 허옹가 보고 몽사(夢事)[6]를 이르니, 허옹가 하는 말이,

"그러할시 분명하면 아마도 잉태할 듯하나, 꿈과 같을진대 허수아비 떼 낳을 듯하네. 그리하나 내두(來頭)[7]를 보리라."

이러구러 10삭(十朔)[8]이 차매 실옹가 아내 몸이 곤하여 침석에 누워 해태(解胎)하는데, 진양성중가가조(晋陽城中家家稠)[9]에 개구리 해산하듯, 도야지 새끼 낳듯 무수히 펴 낳는데, 하나 둘 셋 넷 부지기수로다. 이렇듯이 해산하니 보던 바 처음이요, 듣던 바 처음이라, 실옹가 마누라 좋아라고 부지기고(不知基苦)[10]하고 길러 내더라.

이같이 즐겨할 제 실옹가는 하릴없이 세간·처자 빼앗기고 팔자 없는 곤장 맞고 세상에 살아 무엇하랴. 애고애고, 내 팔자야. 죽장마혜(竹杖麻鞋)[11] 단표자(單瓢子)[12]로 만첩청산 들어가니 산은 높아 천봉(千峰)이요, 골은 깊어 만학(萬壑)[13]이라. 인적은 고요하고 수목은 삼렬(森列)[14]한데, 때마침 삼촌(三春)이라, 출림비조(出林飛鳥)[15] 산새들은 쌍거쌍래(雙去雙來)[16] 날아

---

6) 꿈에 일어났던 일.
7) 앞으로 닥쳐올 일.
8) 열 달.
9) 진양성 안에 집이 빽빽하게 들어서 있음을 뜻함.
10) 괴로움을 모름.
11) 대나무 지팡이와 짚신.
12) 표주박.
13) 여러 겹으로 겹친 깊은 산골짜기.
14) 빽빽이 늘어섬.
15) 숲에서 나와 나는 새.
16) 쌍쌍이 오락가락함.

들 제, 슬피 우는 저 두견(杜鵑)은 나의 심회 자아내어 화총(花叢)에 눈물 뿌려 점점이 맺어 두고 불여귀(不如歸)를 일을 삼으니, 슬프다. 이런 공산(空山) 중에 아무리 철석간장이라도 아니 울고 못 하리라. 이렇듯 슬피 울 제 한 곳을 바라보니 충암 절벽상에 백발도사(白髮道士) 높이 앉아 청려장(靑藜杖)[1]을 옆에 끼고 반송(盤松) 가지를 휘어잡고 노래로 하는 말이,

"후회막급(後悔莫及)[2]이로다. 하늘이 주신 죄를 수원수구(誰怨誰咎)[3]하단 말가."

실옹가 듣기를 다하여, 천방지방(天方地方) 도사 앞에 급히 나아가 합장 배례하며 공손히 하는 말이,

"이놈의 죄를 생각하면 천사(千死)라도 무석(無惜)[4]이요 만사(萬死)라도 무석이나, 명령하신 도덕하에 제발 살려 주오. 당상의 늙은 모친, 규중의 어린 처자 다시 보게 하옵소서. 원견지(願見之)[5]하온 후는 돌아가도 여한(餘恨)이 없을까 하나이다. 제발 살려 주옵소서."

만단(萬端)[6]으로 애걸하니 도사 하는 말이,

"천지간에 몹쓸 놈아, 인제도 팔십 당년 늙은 모친 냉돌방에 구박할까. 불도를 능멸할까. 너 같은 몹쓸 놈은 응당 죽일 것이로되, 정상이 가긍하고 너의 처자 불쌍한고로 방송(放送)[7]하나

---

1) 신선이 짚고 다니는 지팡이.
2) 후회한들 소용이 없음.
3) 누구를 원망하며 누구를 탓함.
4) 억울하지 않음.
5) 보기를 원함.
6) 갖은 방법.
7) 놓아 보냄.

니, 돌아가 개과천선하라."

하며, 부적을 써 주며 가로되,

"이 부적을 몸에 붙이고 네 집에 돌아가면 괴이한 일이 있으리라."

하고 인홀불견(因忽不見)[8] 간데없거늘, 실옹이 질거(疾去)[9] 돌아와서 제집 문전 다다르니, 고루거각(高樓巨閣) 높은 집에 청풍명월(淸風明月) 맑은 경은 옛 놀던 풍경이라. 담장 안에 홍련화는 나를 보고 반기는 듯, 영산홍아 잘 있더냐, 자산홍아 무사하냐. 옛일을 생각하니 각금시이작비(覺今是而昨非)[10]로 옛집을 다시 찾아오니 죽을 마음 전혀 없다.

"가소롭다 허옹가야, 이제도 네가 옹가라 장담할까?"

하며 들어가니, 마누라 이 거동을 보고 심히 대경실색하여 하는 말이,

"애고애고 좌수님, 저놈 천살(天煞)[11] 맞았는지 또 와서 지랄하고 들어오니, 이 일을 어찌하리까."

이러할 즈음에 방에 있던 옹가 간데없고 짚 한 묶음이 놓여 있고, 허옹가의 자식들도 문득 허수아비 되니, 가중제인이 박장대소(拍掌大笑)하더라.

좌수가 부인보고 하는 말이,

"마누라, 그새 허수아비 자식을 저렇듯 무수히 낳았으니, 그놈과 한가지로 얼마나 좋아하였는가. 한상에 밥도 먹었는가?"

---

8) 갑자기 사라짐.

9) 급히 감.

10) 중국 도연명의 대표작인 〈귀거래사〉에 나오는 말로, 이제는 옳고 지난날은 그릇되었음을 깨달았다는 뜻.

11) 불길한 별을 말함.

부인이 어처구니없어 묵묵부답(默默不答)하고 방 안에 돌아다니며 허옹가의 자식 살펴보니, 이리 보아도 허수아비, 저리 보아도 허수아비 떼가 분명하다. 부인이 일변은 반갑고 일변은 부끄러워하더라.

도승의 술법을 탄복하여, 옹좌수 모친께 효성하고, 불도를 공경하여 개과천선하니 그 어짊을 칭찬하더라.

작품 해설

조선 후기의 소설로, 지은이와 집필 연대는 알려져 있지 않다. 전편에 해학과 풍자가 흐르는 사실성을 띤 소설이다. 18세기 중엽인 영조 시대 이후 창극의 각본으로 제작된 것을 소설화한 듯하다.

옹진골 옹당촌에 옹고집이라는 사람이 있었다. 그는 심술이 사납고, 인색하고, 옹졸하여 돈이 썩어도 남을 위해서는 한푼도 쓰지 않는 천하에 둘도 없는 수전노였다. 또한 고집은 말할 수 없이 셌다. 걸인이나 중이 와서 구걸을 하면 후려갈겨서 쫓아내기가 일쑤였다. 뿐만 아니라 80이 넘은 노모가 병들어 냉방에 누워 있어도 불도 때 주지 않고, 약 한 첩 쓰지 않는 불효자였다.
이에 보다 못한 월출봉 취암사의 한 도사가 옹고집을 단단히 혼내 주려 마음먹었다. 그 도사는 초인(草人)을 만들어 부적을 써 붙이자 영락없는 옹고집이 되었다. 그 도사는 진짜 옹고집이

잠시 나간 틈에 가짜 옹고집을 진짜 옹고집의 집에 보내어 사랑
방에 앉아 하인들을 호령하게 했다.

　잠시 후 진짜 옹고집이 들어와 둘의 시비가 벌어졌다. 그러나
도사의 신통술로 말미암아, 원님까지도 가짜 옹고집을 진짜로
판정내리고 진짜 옹고집은 하는 수 없이 남북촌으로 다니며 걸
식하는 신세가 되었다. 진짜 옹고집은 온갖 고생을 다하고 걸식
하며 그 동안의 나쁜 행동을 뉘우쳤다. 그는 자신의 삶을 비관
한 나머지 산중으로 들어가 절벽에 이르러 자살하려고 할 때 한
도승이 나타나 그를 만류했다.

　그 도승은 취암사의 그 도사로서 그를 충고하고, 이어 부적을
던지자 가짜 옹고집은 간 곳이 없고 사랑에는 초인(草人)이 누
워 있었다.

　이에 진짜 옹고집 부부는 도사의 도술에 속은 줄 알고 참회하
는 동시에 독실한 불교 신자가 되었다.

이 작품은 〈심청전〉과 같이 불교적 설화를 소재로 불교적 주제를 하고 있으며, 〈홍길동전〉이나 〈전우치전〉에서 사용한 사건 구성법으로 엮었다. 다시 말하면 이 작품은 고집세고 인색하고 불효막심하고 배불론자(排佛論者)인 수전노를 징계하고 풍자하기 위해 기상천외의 도술적인 구성을 가지고 쓰여진 풍자 소설의 걸작이다.

이 작품은 목판본이나 활자본으로도 나오지 못하다가 해방 이후에야 겨우 한 종류가 발간되었을 뿐이다.

변강쇠전

　중년(中年)에 맹랑한 일이 있었던 것이다. 평안도 월경촌(月景村)에 계집 하나 살고 있으되 얼굴을 볼작시면 춘이월(春二月) 반개도화(半開桃花)라 옥빈(玉鬢)에 어리었고, 초승에 지는 달빛이 아미(蛾眉)간에 비치었다. 앵도순(櫻桃脣) 고운 입은 빛난 당채(唐彩) 주홍필(朱紅筆)로 꾹 찍은 듯, 세류(細柳)같이 가는 허리는 봄바람에 하늘하늘, 찡그리며 웃는 모습과 말하며 걷는 태도는 서시(西施)[1]와 포사(褒姒)[2]라도 따를 수가 없건마는, 사주(四柱)에 청상살(靑孀煞)이 겹겹이 쌓인지라. 상부(喪夫)를 하여도 진절머리나고 지긋지긋하게 단콩 주워 먹듯 하여 왔다.

---

1) 중국 월나라의 미인. 월나라 왕 구천이 오나라에게 패한 뒤에 미인계로 서시를 오나라 왕 부차에게 보내자 부차는 서시에게 혹해 고소대를 짓고 정사를 돌보지 않아 구천과 범소백의 침공을 받아 망했음.

2) 중국 주나라 유왕이 총애하는 비. 유왕은 총비가 웃는 것을 보고자 여러 가지로 시험했으나 웃지 않고 거짓 봉수를 올려 지방 제후들이 오는 것을 보고 비로소 웃었다는데, 그 뒤에 난리가 나서 봉화를 올렸으나 제후가 오지 않아 유왕이 망했음.

　열다섯에 얻은 서방은 첫날밤 잠자리에 급상한(急傷寒)으로 죽고 열여섯에 만난 서방은 당창병(唐瘡病)에 여의었고, 열일곱에 얻은 서방은 용천병에 앗기고, 열여덟에 얻은 서방은 벼락 맞아 죽어갔다. 그 다음해에 얻은 서방은 천하대적(天下大賊)으로 포청(捕廳)으로 떨어지고, 스무 살에 맞이한 서방은 비상먹고 죽어 버리니, 서방이 퇴가 나고 송장 치기에 신물이 났다.

　2, 3년씩 걸러 가며 상부(喪夫)를 할지라도 소문이 흉악할 터인데 한 해에 하나씩 전례로 처치하되, 이것은 남이 아는 기둥 서방, 그 외에 간부, 애부, 거더머리, 새홀유기, 입 한번 맞춘 놈, 젖 한번 쥔 놈, 손 만져 본 놈, 심지어 치맛귀에 상척자락 얼른 한 놈까지 대고 결단을 내는데, 한 달에 뭇을 넘겨 1년에 한동 일곱 뭇, 윤삭(閏朔)든 해면 두 동 뭇수 대고 설거질 때, 어떻게 쓸었던지 30리 안팎에 상투 올린 사나이는 고사하고, 열다섯 먹은 총각도 없어 계집이 밭을 갈고 처녀가 집을 이니, 황해(黃海) 평안(平安) 양도(兩道) 사람들의 공론이,

　"이 계집을 그냥 두었다가는 우리 두 도내에 좆 단 놈 다시 없고, 여인국(女人國)이 될 터이니 쫓아낼 수밖에 없다."
하며 두 도가 합세하여 훼가(毀家)[1]하여 쫓아내니 계집년이 할 수 없이 쫓겨 나올 적에 파랑 봇짐 옆에 끼고 동백 기름을 많이 발라 낭자를 곱게 하고 산호비녀를 찔렀으며 출유(出遊) 장옷 엇메고, 뒤똥뒤똥 나오면서 혼자 악을 쓰는데,

　"어저! 인심 흉학하다. 황평(黃平) 양서(兩西) 아니면 살 곳이 없겠느냐. 삼남(三南) 좆은 더욱 좋다구."

---

1) 한 고을이나 한 동네에서 풍속을 어지럽힌 사람의 집을 헐어 없애고 동네 밖으로 내쫓음.

하더라.

노정기(路程記)로 나올 적에 중화(中和)를 지나, 황주(黃州)를 지나고 동설령 얼른 넘어, 봉산(鳳山), 서흥(瑞興), 평산(平山)을 지나서 금천(金川) 떡전거리, 닭의 우물 청석관(靑石關)을 허위허위 당도하니라.

이때에 변(卞)강쇠라는 놈이 천하의 잡놈으로 삼남(三南)에서 빌어먹다 양서(兩西)로 가노라고 헤벌쭉 오다가 두 연놈이 청석(靑石)골 좁은 길에서 둘이 서로 만났겠다. 간악한 계집년이 흘긋 보고 지나가니, 의뭉한 강쇠놈이 다정히 말을 붙여,

"여보시오 저 마누라, 어디를 가시나요?"

하니 숫계집 같으면 핀잔을 주든지, 못 들은 체 가련마는, 이 자기간나희가 홀리는 눈빛 곱게 하고,

"삼남으로 가외다."

하는지라. 강쇠가 다시 묻기를,

"혼자 가시오?"

"예, 혼자 가오."

하니 또,

"고운 얼굴, 젊은 나이에 혼자 가기 무섭겠구료."

하고 능청 떠니,

"내 팔자 무상하여 상부하고, 자식 없어 나하고 같이 갈 사람은 그림자뿐이지요."

하고 응대하니,

"어허 불쌍하오. 당신은 과부요 나는 홀아비이니 우리 함께 살면 어떻겠소."

"내가 상부 지질하여, 다시 낭군 얻자 하면 궁합 먼저 볼 터

이오."

"불취동성(不娶同姓)[1]이라니, 마누라 성씨가 누구시요?"

"옹(雍)가예요."

"예, 나는 변서방인데 궁합 잘 보기로 삼남에서 유명하오. 마누라는 무슨 생이요?"

"갑자생(甲子生)이지요."

"예, 나는 임술생(壬戌生)이요. 천간(天干)으로 보건대, 갑은 양목(陽木)이요 임은 양수(陽水)라, 수생목(水生木)이 좋고, 납음(納音)으로 말하면, 임술계해대해수(壬戌癸亥大海水), 갑자을 축해중금(甲子乙丑海中金), 금생수(金生水)가 더 좋으니, 아주 천생배필(天生配匹)이요. 오늘이 마침 기유일(己酉日) 음양부장(陰陽部將) 짝배(配) 자(字)니, 당일 행례(行禮)합시다."

하는지라, 계집이 허락하여 청석관을 신방으로 알고, 두 연놈이 손을 잡고, 바위 위에 올라가서 대사(大事)를 치르는데, 신랑 신부 두 잡것이 이력이 찬 것이라. 이런 야단 없을레라. 멀끔한 대낮에 연놈이 홀딱 벗고 매사에 익숙한 장난할 제, 천생양골(天生陽骨) 강쇠놈이 여인 양각을 번쩍 들고 옥문관을 굽어보며,

"이상히도 생겼다. 맹랑하게 생겼다. 늙은 중의 입일는지 털은 돋고 이는 없구나. 소나기를 맞았는지 언덕 깊게 패었구나. 콩밭 지났는지 돔부꽃이 비치었고, 도끼날을 맞았는지 금 곧게 터져 있구나. 생수처(生手處) 옥답(沃畓)인지 물이 항상 괴어 있네. 무슨 말을 하려는지 음질음질하고 있노. 천리행룡(千里行龍) 내려오다 주먹바위 신통하다. 만경창파(萬頃蒼波) 조개인지

---

1) 같은 성끼리는 혼인하지 않음.

혀를 삐끔 빼었으며, 임실(任實) 곶감 먹었는지 곶감씨가 장물
(贓物)이요, 만첩산중(萬疊山中) 으름인지 제가 절로 벌어졌다.
연계탕(軟鷄湯)을 먹었는지 닭의 벼슬 비치었고, 파명당(破明
堂)[2]을 하였는지 더운 김이 그저 난다. 제 무엇이 즐거워서 반
쯤 웃어 두었구나. 곶감 있고 으름 있고 조개 있고, 연계 있고
제사상은 걱정 없다."
하고 홍얼대니 여인 또한 반소(半笑)하여 앙갚음 하노라고 강쇠
기물(己物) 가리키며,

"이상히도 생겼네. 맹랑히도 생겼네. 전배사령(前陪使令) 서
려는지 쌍(雙) 걸랑을 느직하게 달고, 오군문(五軍門) 군뇌(軍
牢)던가 북더기를 붉게 쓰고, 냇물가에 물방안지 떨거덩떨거덩
끄덕인다. 송아지 말뚝인지 털고삐를 둘렀구나. 감기를 얻었는
지 맑은 코는 웬일인고. 성정도 호독하다. 화 내면 곧 눈물 흘
리고, 어린아이 병일는지 젖은 어찌 게웠으며, 제사에 쓴 숭어
인지 꼬챙이 굼이 그저 있다. 뒷절 큰방 노승인지 민대가리 둥
글리며 소년인사 다 배웠는지 꼬박꼬박 절을 하네, 고추 빻든
절굿댄지 검붉기는 무슨 일꼬. 7, 8월 알밤인지 두 쪽 한데 붙어
있다. 물방아 절굿대며 쇠고삐, 걸랑 등물이 세간 걱정 없네."
하고 대꾸하매 강쇠놈이 크게 웃으며,

"둘이 다 비겼으니 이번은 등에 업고 사랑가로 놀아 보세."
하니 옹여인 대답하되,

"천선호지(天先乎地)라니 낭군 먼저 업으시오."

강쇠가 여인 업고, 돌아보며 사랑가로 어룬다.

---

2) 명당에 있는 무덤을 파서 다른 곳으로 옮김.

"사랑 사랑 사랑이야, 유왕(幽王) 나매 포사(褒姒)나고, 명황 (明皇) 나매 귀비(貴妃) 나고, 여포(呂布) 나매 초선(貂蟬) 나고, 호색남자(好色男子) 내가 나매 절대가인 네 났구나. 네 무엇을 가지려나. 조거전후(早居前後) 십이승(十二乘) 야광주(夜光珠)를 가져 볼까, 십오성(十五城) 바꾸려던 화씨벽(和氏璧)을 가져 볼까. 천지신지(天知神知) 아지자지(我知子知) 생금(生金)덩이 가져 볼까 부도재산(浮道財産) 득은옹은(得銀甕銀) 항아리 가져 볼까. 배금문(拜禁門) 입자달(入紫闥)의 상평통보 가져 볼까, 밀화불수(蜜花佛手), 산호 비녀 금패지환(金佩指環) 가져 볼까. 네 웃봉지를 떼떨이고 강릉(江陵) 백청(白淸) 따르르 부어 은간저(銀竿箸)로 휘휘 저어 씰랑은 똑 따 발라 버리고 붉은 자위만 듬뿍 떠 안아 조금 먹으려나, 시금털털 개살구 아이 서는데 먹으려나, 쪽 빨고 탁 뱉으면 껍질 꼭지 건너 바람벽에 톡탁톡 부딪치는 반시수시(盤柿水柿) 먹으려나. 어주축수애산춘(魚舟逐水愛山春) 무릉도화(武陵桃花) 복숭아 주랴. 유월 중순 이 진과(眞瓜), 외가지 단참외 먹으려나."

하며 한참을 어루더니 여인을 썩 내려놓으며 강쇠가 유식한 체 문자로,

"여필종부(女必從夫)라니 자네도 날 좀 업어 보소."

하니, 여인이 강쇠를 업고 덜렁덜렁 까불면서 사랑가를 하는구나.

"사랑 사랑 사랑이야. 태산 같이 높은 사랑, 하해(河海)같이 깊은 사랑, 남창(南倉) 북창(北倉) 노적(露積)같이 듬쑥듬쑥 쌓인 사랑, 은하직녀(銀河織女) 직금(織金)같이 올올이 맺힌 사랑, 모란화 송이 같이 펑퍼져 벌린 사랑, 세곡선(稅穀船) 닻줄같이

타래타래 꼬인 사랑, 내가 만일 없었더면 풍류남자(風流男子) 우리 낭군 황(凰) 없는 봉(鳳)이 되고, 임을 만일 못 봤더면 군자호구(君子好逑) 이내 신세 원(鴛) 잃은 앙(鴦)이로다. 기러기가 물을 보고, 꽃이 나비 만났으니 웅비종자요림간(雄飛從雌繞林間) 좋을씨고 좋을씨고. 동방화촉(洞房華燭) 무엇하게 백일향락(白日享樂) 더욱 좋다. 황금옥(黃金屋) 내사 싫소, 청석관이 신방이네."

연놈 장난이 이러할 제, 그 노릇이 한두 번만 될 수 있나. 두 번 치기 세 번 치기 당일에 해치우고, 이제 둘이 앉아 살림살이 살 걱정하는데,

"우리 내외 오입장이 벽항궁촌(僻巷窮村)에 살 수 없어 도시(都市) 살림 하여 보세."

"내 소견도 그러하오."

하고 연놈이 손목 잡고, 도회 각처 다닐 적에, 1원산(元山), 2강경(江景), 3포주(浦州), 4법성(法聖), 곳곳이 찾아다니며 계집은 애써서 들병장사 막장사며 낮부림 넉장질에 돈냥 돈관 모아 놓으면, 강쇠놈이 허망하여 닷 냥 내기, 방때리기, 두 냥 패의 가보하기, 갑자꼬리 여수(與受)하기, 미골(尾骨) 회패 퇴기질, 호홍호백(呼紅呼白) 쌍륙치기, 장군 멍군 장기두기, 맞춰먹기, 돈치기와, 불러먹기 주먹질, 걸개두기 윷놀이와 한 집 두 집 고누두기, 의복 전당 술먹기와 남의 싸움 가로막기, 그중에 무슨 비위 강새암 계집치기, 밤낮으로 싸움이니 암만해도 살 수 없다. 하루는 여인이 강쇠를 달래는데,

"집의 성기(性氣) 가지고서 도회 살림 하다가는 돈 모으기 고사하고 남의 손에 죽을 테니, 심산궁곡(深山窮谷) 찾아가서 사람

50

하나 없는 곳에 산전(山田)이나 파서 먹고 시초(柴草)나 베어 때면 노름도 못 할 테고 강짜도 안 할 테니 산중으로 들어갑세."

하니 강쇠가 대꾸하되,

"그 말이 장히 좋으이. 10년을 곧 굶어도 남의 계집 바라보며 눈웃음 하는 놈만 다시 아니 보게 되면 내일 죽어도 한이 없네."

하더니 산중을 의논하는데,

"동 금강(金剛)은 석산(石山)이라 나무 없어 살 수 있나. 북 향산(香山) 찬 곳이라 눈 쌓이어 살 수 없고 서구월(西九月) 좋다 하나 적굴(賊窟)이라 살 수 있나. 남 지리(智異)는 토후(土厚)하여 생리(生利)가 좋다 하니 그리로 찾아가세."

여간(如干) 가산(家産) 짊어지고 지리산으로 찾아가니 첩첩한 깊은 골에 빈 집 한 채 서 있으되, 임진왜란 팔년간과(八年干戈) 어떤 부자 피란하자 이 집을 지었던지 오간팔작(五間八作) 기와집이 다시 사람 산 일 없고 흉가로 비어 서서 누백년 도깨비 동청이요, 뭇 귀신의 사당이라. 거친 뜰에 있는 것이라곤 삵〔狸〕과 여우 발자취요, 뒤꼍에 우는 소리는 부엉이 올빼미라. 강쇠 놈이 집을 보고 크게 기뻐하여 하는 말이,

"순사또는 간 데마다 선화당(宣化堂)[1]이라 하더니, 내 팔자도 방사(倣似)하다. 적막한 이 산중에 나 올 줄을 뉘가 알고 이리 좋은 기와집을 지어 놓고 기다렸노."

하며 부엌에 토정(土鼎) 걸고, 방 쓸어 공석(空石) 펴고 낙엽을 긁어다가 저녁밥 지어 먹고, 터 누르기 삼삼구(三三九)를 밤새

1) 각 도의 관찰사가 사무를 보던 정당.

도록 한 연후에 강쇠의 평생 행세 일하여 본 놈이냐. 낮이면 잠만 자고 밤이면 배만 타니, 여인이 할 수 없어 애절히 정설(情設)한다.

"여보 낭군, 들으시오. 천생만민필수지직(天生萬民必授之職) 사람마다 직업 있어 앙사부모하육처자(仰事父母下育妻子)[2] 넉넉히 한다는데 낭군 신세 생각하니 어려서 못 배운 글, 지금 공부할 수 없고 손재주 없었으니 장인(匠人)[3]질 할 수 없고, 밑천 한 푼 없었으니 상고(商賈)질 할 수 있나. 그중에 할 노릇이 상일밖에 없으니, 이 산중에 살자 하면 산전을 많이 파서 두태(豆太), 서속(黍粟)[4] 담배 갈고 갈퀴나무 비나무며 물거리장작 패기, 나무도 많이 하여 집에도 때려니와 지고 가 팔아오면 부모 없고 자식 없고 단 부처 우리 둘이 생계가 넉넉할 것을, 건장한 저 신체에 밤낮으로 하는 것이 잠자기와 그 노릇뿐. 굶어 죽기 고사하고 우선 얼어 죽을 터이니, 오늘부터 지게 지고 나무하여 오시구료."

하니 강쇠가 픽 웃고,

"어허 허망하다. 호달마(胡達馬)가 요절하면 왕십리 거름 싣고, 기생이 그릇되면 길가의 탁주 장사 한다기에 남의 말로 들었더니 나 같은 오입장이 나무지게 진단 말인가. 불가사문어타인(不可使聞於他人)이라. 자네 말이 그러하니 갈 밖에 수가 있다."

강쇠가 나무하러 나가는데 복건(幞巾) 쓰고, 두포 입었단 말

---

2) 우러러 부모를 섬기고 처자를 보살핌.
3) 여러 가지 물건을 만드는 것으로 업을 삼는 사람.
4) 기장과 조.

은 거짓말. 제집에 근본 없고 동네에 빌 데 있나. 포구(浦口) 근
방 시평(市坪)판에 한참 덤벙이던 복색(服色)으로, 태 없는 통양
갓에 망건은 솟구었고 한산반저(漢山半苧) 소창의(小氅衣)[1]며 고
운 때묻은 삼승(三升) 버선, 남은 포단(布緞) 대님 매고 용감기
새 미투리 맵씨 있게 동여맨 후, 낫과 도끼 들게 갈아 점심 구
럭 함께 묶어 지게 위에 모두 얹어 한 어깨에 둘러메고, 긴 담
뱃대 붙여 물고 나무꾼 모인 곳을 완보행가(緩步行歌) 찾아갈
제 그래도 화방(花房) 퇴물이라. 씀씀이 목구성이 초군(樵軍)보
다 조금 달라,

　"태고(太古)라 천황씨(天皇氏)가 목덕(木德)으로 즉위하니 오
행중(五行中)에 먼저 난 게 나무 덕이 으뜸이라. 천지인(天地人)
삼황시절(三皇時節) 각 일만팔천세(一萬八千歲)를 무위이화(無爲
而化)[2] 지내시니 그때에 나 낳았으면 오죽이나 편하였겠느냐.
유왈유소(有曰有巢) 성인(聖人) 인군(人君) 덕화(德化)도 장한지
고, 구목위소(構木爲巢) 식목실(食木實)이 그 아니 좋겠는가. 수
인씨(燧人氏) 무슨 일로 시찬수교인화식(始鑽燧敎人火食) 일이
점점 생겼구나. 일출이작(日出而作) 요순(堯舜) 백성 어찌 편타
할 수 있나. 하(夏)·은(殷)·주(周)는 석양(夕陽) 되고, 한
(漢)·당(唐)·송(宋)이 풍우 일어 갈수록 일이 생겨 불쌍한 게
백성이라. 1년 사철 놀 때 없이, 손톱 발톱 잦아지게 밤낮으로
벌어도 불승기한(不勝飢寒) 불쌍하다. 내 평생 먹은 마음 남보
다는 달랐는데, 좋은 의복 온갖 패물 호사를 실컷 하고, 예쁜
계집 좋은 주효 잡기(雜技)로 벗을 삼아 세월 가는 줄 모르고 살

---

1) 중치마 밑에 입는 웃옷의 하나. 두루마기와 같은데 소매가 좁고 무가 없음.
2) 애써 공들이지 않아도 스스로 변해 잘 이루어짐.

겠더니, 층암절벽(層岩絶壁) 저 높은 곳을 다리 아파 어이 가서 억새풀 가시덤불 손이 아파 어이 베며, 나무 묶어 한 짐 되면 어깨 아파 어이 지고, 산고(山高) 곡심(谷深) 무인처(無人處)에 심심하여 어이 올꼬."

이렇듯, 신세 자탄 노래하며 정처 없이 가노라니 마침 동구마천 백모촌에 여러 초군(樵軍) 아이들이 나무하러 모여 와서, 지게 목발 두드리며 방아타령 산타령에 농부가 목동가로 즐겨 떠드는구나. 그중 한 놈이 방아타령을 하는데,

"뫼에 올라 산전방아, 들에 내려 물방아, 여주 이천 밀따리방아, 진천 통천 오려방아, 남창(南倉) 북창(北倉) 화약방아, 각댁 하님 용정방아, 이 방아 저방아 다 버리고 칠야삼경(漆夜三更) 깊은 밤에 우리님은 가죽 방아만 찧는다. 어야 어야 방아 찧는 동무들아, 처음 방아 찧는 소리 내던 사람 알고 찧나, 모르고 찧나. 경신년(庚申年) 경신월 경신일 경신시(庚申時) 강태공(姜太公)의 조작방아, 사시장춘 걸어두고 떨구덩 덩덕쿵 찧어라. 전세(田稅) 대동(大同)이 다 늦어진다."

하고 한 놈은 산타령을 하는데,

"동 개골(皆骨) 서 구월(九月), 남 지리(智異), 북 향산(香山), 육로(陸路) 천리(千里) 수로(水路) 천리(千里) 2천 리 들어가니 탐라국(耽羅國)[3]이 생기려고 한라산이 들러 있다. 정읍 내장(內藏), 장성 입암(立岩), 고창 반등(半登), 고부 두승(斗升), 서해 수구(水口) 막으려고 부안 변산(邊山) 둘러 있다."

하고 또 한 놈은 농부가를 하는데,

---

3) 삼국 시대에 제주도에 있었던 나라. 시조는 삼성혈에서 나온 고·부·양 삼신이라고 함.

"선리건곤(仙李乾坤) 태평시절(太平時節) 도덕 높은 우리 성상 (聖上), 강구미복(康衢微服)[1] 동요 듣던 요임금의 버금이라. 네 다리 빼어라 내 다리 박자. 좌수춘광(左手春光)을 우수이(右手 移). 여보소, 동무들아 앞 남산에 소나기 졌다. 삿갓 쓰고 도롱 이 입자."

하니 다른 놈이 목동가를 부르는데,

"갈퀴 메고 낫 갈아 가지고서 지리산으로 나무하러 가자. 얼 럴럴 쌓인 낙엽, 부러진 장목(長木), 긁고 주워 동여 지고 석양 산로(夕陽山路) 내려올 제, 손님보고 절을 하니 품안에 있는 산 과(山果) 딱다그르르 다 떨어진다 얼럴럴. 비 맞고 갈증난 손님 술집이 어디 있노. 저 건너 행화촌(杏花村) 손을 들어 가리킨다 얼럴럴. 뿔 굽은 소를 타고 단적(短笛)을 불고 가니, 유황숙(劉 皇叔)이 보았으면 나를 오죽 부러워하리 얼럴럴."

강쇠가 다 들은 후, 제 신세를 제가 보아도 어린것들과 마찬 가지로 갈퀴나무 할 수 있겠나. 도끼 빼어 들고 이 봉(峯) 저 봉 (峯) 다니면서, 그중 큰 나무는 한두 번씩 찍은 후에 나무 내려 말을 하며 제가 저를 꾸짖는다.

"오동나무 베자 하니 순임금의 오현금(吾絃琴)[2] 살구나무 베 자 하니 공부자(孔夫子)의 강단, 소나무 좋다마는 진시황의 오 대부(五大夫), 잣나무 좋다마는 한(漢) 고조(高祖) 덮은 그늘, 어 주축수애산춘(漁舟逐水愛山春) 홍도나무 사랑스럽고, 위성조우 읍경진(渭城朝雨浥輕塵) 버드나무 좋을시고. 밤나무 신주(神主) 감, 전나무 돛대 재목(材木), 가시목 단단하니 각 영문(營門) 곤

---

1) 사통오달의 큰거리를 미행할 때의 복장.
2) 순임금이 처음으로 만든, 다섯 줄로 된 옛날 거문고의 한 가지.

장(棍杖)³⁾ 감. 참나무 꼿꼿하나 배 짓는 데 못감, 쭉나무 오시목
(烏柿木)과 산유자(山柚子)·용목(榕木)·검팽은 목물방(木物房)
에 긴한 문목(紋木)이니, 화목(火木) 되기 아깝도다."
하며 이리저리 생각하니 벨 나무 전혀 없다.

산중의 동천맥(動泉脈) 우물가 좋은 곳에 점심 구럭 풀어 놓
고 배불리 실컷 먹은 후에 부싯돌 번쩍 쳐서 담배 붙여 입에 물
고, 솔 그늘 잔디밭에 돌을 베고 누우면서 당시(唐詩) 한 구(句)
읊어 본다.

"우래송수하(偶來松樹下)에 고침석두면(高枕石頭眠)이 나를 두
고 한 말이로다. 잠자리 장히 좋다."

말하며 고는 코가 산중이 들썩들썩. 한소금 실컷 자고 낮바다
이 선뜩선뜩하여 부시시 눈을 떠 보니, 하늘엔 별이 총총 이슬
이 젖는구나. 느릿느릿 일어나서 기지개 활짝 펴고 뒤통수 두드
리며 혼잣말로 중얼거리는데,

"요새 해가 그리도 짧은가, 빈 지게 지고 가면 계집년이 방정
떨 것이라."
하고 사면을 둘러보니, 동구마천 가는 길에 어떠한 장승 하나가
산중에 서 있는지라 강쇠가 반기며,

"벌목정정(伐木丁丁) 애 안 쓰고 좋은 나무 거기 있다. 일모도
궁(日暮途窮)⁴⁾ 이내 신세, 불로이득(不勞而得) 좋을씨고."

지게를 찾아 지고 장승 선 데 바삐 가니 장승이 화를 내어 낯
에 핏기 올리고서 눈을 딱 부릅뜨니 강쇠가 호령하여,

"너 이놈, 뉘 앞에다 핏대 올려 눈망울을 부릅뜨냐. 삼남(三

---

3) 도둑이나 군율을 어긴 죄인의 볼기를 치는 형구의 하나.
4) 날은 저물고 갈 길은 막힘.

남) 설축 변강쇠를 이름도 못 들었느냐? 과전(科廛) 마전(馬廛) 파시평(波市坪)과 사당노름, 씨름판에 이내 솜씨, 사람 칠 때 선취복장(先取腹腸) 후취덜미 엎어치기, 열두 권법(拳法)에는 범강(范疆)[1] 장달(張達) 허저(許褚)라도 못 당하는데, 수족(手足) 없는 네깐 놈이 언간생심 버틸소냐."

하고 달려들어 불끈 안고 쑥 빼내어 지게 위에 짊어지고, 유대군(留待軍)[2] 소리하며 제집으로 돌아와서 문 안에 들어서며 호기차게 뽐낸다.

"집 안사람 거기 있나? 장작 나무 하여 왔네."

하더니, 뜰 가운데다 부려 놓고 방문 열고 들어가니 강쇠 계집 반겨하며 급히 나와 손목 잡고 어깨를 주무르며,

"어찌 그리 저물었소. 평생 처음 나무 가서 오죽이나 애썼겠소, 시장한데 밥 자시오."

하며 방 안에 불 켜 놓고 밥상 차려 들인 후에 장작 나무 구경코자 불 켜 들고 나와 보니, 어떠한 큰 사람이 뜰 가운데 누웠는데 조관(朝官)을 지냈는지 사모(紗帽)[3] 품대(品帶)[4] 갖추고 방울눈 주먹코에 긴 수염이 점잖다. 계집이 깜짝 놀라 뒤로 푹 주저앉으며,

"애고, 이게 웬일인가. 나무 하러 간다더니 장승 빼어 왔네그려. 나무가 아무리 귀하다 하되 장승 빼어 땐단 말은 언문책 주(注)에도 보도 듣도 못한 말. 만일 패어 때다가는 목신동증(木神

---

1) 키가 크고 흉악하게 생긴 사람을 이르는 말.
2) 포도청에 딸려 상여를 메던 인부.
3) 관복을 입을 때 쓰던 사(紗)로 만든 벼슬아치의 모자.
4) 벼슬아치의 공복에 갖추는 띠.

動症) 조왕동증(竈王動症), 목숨 보전 못 할 테니 어서 바삐 지고
가서 있던 자리에 되세우고 왼발 굴러 진언(眞言)치고 다른 길
로 돌아오소."

하는지라 강쇠가 호령하여,

"가사는 임장(任長)이라. 가장이 하는 일을 보기만 할 것이
지, 계집이 요망하게 웬 잔말인가. 진(晋) 충신(忠臣) 개자추(介
子推)[5]는 면산(綿山)에 타서 죽고, 한(漢) 장군(將軍) 기신(紀
信)[6]이는 영양(榮陽)에 타서 죽어, 참사람이 타 죽어도 아무 변
이 없었는데 나무로 깎은 장승 인형을 패 땐들 어떻겠나. 인불
언귀부지(人不言鬼不知)[7]니 요망한 말 다시 마라."

밥상을 물린 후에 도끼 들고 달려들어 장승을 쾅쾅 패어 군불
을 많이 넣고 유정(有情) 부부 훨훨 벗고 사랑가로 농탕치며, 개
폐문(開閉門) 전례판(傳例板)을 재미있게 하였더라.

이때에 장승 목신(木神)이 무죄히 강쇠 만나 도끼 아래 조각
나고 부엌 속에 재가 되니 오죽이나 원통하랴. 의지할 곳 없어
중천에 떠서 울며,

"나 혼자 다녀서는 이 놈 원수 못 갚겠다. 대방전(大方前)에
찾아가서 이 원정(原情)하리로다."

하고 경기 노강(鷺江) 선창(船艙) 목에 대방(大方) 장승 찾아가

---

5) 중국 춘추 시대의 은사(隱私). 진(晋)나라 문공이 공자로서 망명할 때 함께 19년을 모
   셨는데 문공이 귀국 후에 봉록을 주지 않았으므로 면산에 숨자, 문공이 잘못을 뉘우치고
   그 산을 불질러 자추가 나오도록 하려 했으나 자추는 나오지 않고 타 죽었다고 함.

6) 중국 한나라 국초의 무장. 초나라 군사가 한나라 왕을 포위했을 때, 거짓 한나라 왕인
   체하고 항복하여 한나라 왕을 도망하게 하고 자기는 초나라 왕에게 잡혀 불에 태워 죽
   임을 당했음.

7) 사람이 말을 하지 않으면 귀신도 그 마음을 알 수 없다고 함이니, 곧 사람의 말을 않는
   속심은 아무도 알아줄 이 없다는 말.

서 문안한 연후에 원정을 아뢰는데,

"소장(小將)은 경상도 함양군에 산로(山路) 지키는 장승으로 신기처리한 일 없고 평민 침학(侵虐)[1]한 일 없어, 불피풍우(不避風雨)[2]하고 각수본직(各守本職)하읍는데 변강쇠라 하는 놈이 일국의 난봉으로 산중에 주접(住接)하여 무죄한 소장에게 공연히 달려들어 난폭하게 흔들어 빼어 지고 제집에 가니 제 계집이 깜짝 놀라 도로 갖다 세워라 일렀으나, 이놈이 아니 듣고 도끼로 쾅쾅 패어 부엌에 화장하니 이놈을 그냥 두면 삼동(三冬)에 땔 감으로 근처의 동관(同官) 모두 패 때고, 순망치한(脣亡齒寒)[3] 남은 화가 안 미칠 데 없을 테니 십분 통촉하옵소서. 소장의 설원(雪冤)하고 후환 막게 하옵소서."

하니 대방(大方)이 크게 놀라서,

"이 변이 큰 변이로다. 경홀(輕忽) 작처(酌處) 못 할 테니 사근내(沙斤乃) 공원(公員)님과 지지대(遲遲臺) 유사(有司)님께 내 전갈(傳喝) 여쭙기를, '요새 적조하였으니 문안(問安) 일향(一向)하옵신지. 경상도 함양 동관의 원정을 듣자오니 천만고(千萬古) 없던 변이 오늘날 생겼는지라, 수고타 마옵시고 잠깐 왕림하오셔서 동의작처(同意酌處)하옵시다' 전갈하고 모셔 오라."

하니, 장승 혼령 급히 가서 두 군데 전갈하니 공원(公員) 유사(有司) 바삐 와서 의례(依例) 인사한 연후에 함양 장승 백활(白活) 내력을 대방이 발론하니, 공원과 유사(有司)가 여쭈오되,

---

1) 침범하여 포악하게 행동함.
2) 바람과 비를 무릅쓰고 일을 함.
3) 입술이 없으면 이가 시리다는 뜻으로, 썩 친밀하고 이해 관계가 깊은 두 사람 중에 한 사람이 망하면 다른 사람도 또한 위험하게 됨을 가리키는 말.

"우리 장승 생긴 후로 처음 난 변괴이오니, 삼소임(三所任)[4] 만 모여 앉아 종용작처(從容酌處) 못 할지니 팔도(八道) 동관(同官) 다 청하여 공론하고 처치하옵시다."

하는지라 대방이 좋다 하고 입으로 붓을 물고 통문(通文) 넉 장씩 써 내니 통문 내용인즉,

"우통유사(右通喩事)는 토끼가 죽으면 여우가 슬퍼하고, 지초(芝草)에 불이 붙으면 난초가 탄식하니, 유유상종(類類相從) 환란상구(患亂相求)는 떳떳한 이치로다. 지리산에 변강쇠가 함양 동관(同官) 빼어다가 작파(斫破) 화장(火葬)하였으니 만과유경(萬剮猶輕)이라. 이놈의 죄상을 경홀작처할 수 없어 각 도 동관에게 일제히 발통(發通)하니, 금월(今月) 초 삼경야(三更夜)에 노강(鷺江) 선창으로 일제취회(一齊聚會)하여 함양 동관(同官) 조상(弔喪)하고, 변강쇠놈 죽일 꾀를 각출의견(各出意見)하옵소서. 연월일."

쓰고, 밑에 대방·공원·유사 벌려 쓰고 착명(著名)하고 다음에 영문(營門) 각 읍(邑) 진장(鎭將)[5] 목장 각 면(面) 각 촌(村) 점막(店幕)[6] 사찰차(寺刹次) 차비전(差備前) 차의(差議)라.

대방이 분부하여,

"통문 한 장은 진관천 공원이 맡아 경기 34관, 충청도 54관, 차례로 전케 하고, 한 장은 고양군 홍제원 공원이 맡아 황해도 23관, 평안도 32관에 전케 하고, 한 장은 양주군 다락원 동관이 맡아 강원도 26관, 함경도 24관 차차 전케 하고, 한 장은 지지대

---

4) 동장·집강·풍헌의 일을 번갈아 맡아보던 세 사람.
5) 각 진영의 으뜸 장관.
6) 음식을 팔거나 나그네를 묵게 하는 것으로 업을 삼는 집.

공원이 맡아 전라도 56관, 경상도 71관 모두 전케 하라."

하니, 귀신의 조화거늘 오죽이나 빠르겠나. 바람 같고 구름같이
경각에 다 전하니 조선 안에 있는 장승 하나도 빠짐없이 기약한
밤에 다 모이어 새남터에 배게 서서 시흥 읍내까지 빽빽하다.
장승의 이야기하는 모습이 고개만 숙일 수도 없고 허리를 굽힐
수도 없어 사람으로 말하면, 발 앞부리만 디디고 뒤꿈치만 들썩
이는 형편이라. 일제히 절하고 문안 인사 한 연후에 대방이 발
론하여,

"통문사의(通文事意) 보았으면 모인 뜻을 알 터이니 변강쇠
지은 죄를 어떻게 다스릴꼬."

하니, 단천 마천령 상봉(上峰)에 섰던 장승이 출반(出班)하여 여
쭈오되,

"그놈의 식구대로 새남터로 잡아다가 효수(梟首)[1]를 하옵시
다."

하매 대방이 대답하기를,

"귀신의 성기라도 토풍(土風)을 따라가니 마천 동관의 말이
옳기는 하지마는, 사단(事端) 하나 있는 것이 이놈의 식구라곤
계집 하나뿐인데 그 계집은 말렸으니 죄를 줄 수 없겠고, 강쇠
라 하는 놈도 부지불각(不知不覺)[2]이라 효수하면 세상이 알 수 없
어 징일여백(徵一勵白)[3] 못 될 터이니 여러 동관님네 다시 생각
해 보소서."

하는고로 압록강 가에 섰는 장승이 나서며 여쭈오되,

---

1) 죄인의 목을 베어 높은 곳에 메달아 놓는 처형의 한 가지.
2) 뜻밖에 모르는 결.
3) 한 사람을 징계해서 여러 사람을 격려함.

"출호이자(出乎爾者)⁴⁾ 반호이(反乎爾)가 성인의 말씀이니, 우리 동관 모두가 그놈의 집을 에워싸고 불을 버썩 지른 후에 못 나오게 한다면 그놈도 함양 동관같이 화장(火葬)이 되오리라."

이 말 듣고 대방이 대답하여,

"흉악한 그런 놈을 부지불각(不知不覺) 불을 지르면 제 죄를 모르고, 도깨비 장난인가 명화적(明火賊)의 난리인가 의심할 터이니 다시 생각하여 보오."

이번에는 해남(海南) 관머리 장승이 여쭈오되,

"대방님 하는 분부 모두가 지당하오. 그러한 흉한 놈을 쉽사리 죽여서는 설치(雪恥)가 못 될 테니, 고생을 실컷 시켜 죽자 해도 곧 못 죽고 살자 해도 살 수 없어 칠칠이 49, 한 달 열아흐레 밤낮으로 볶아대다가 험사(險死) 악사(惡死)하게 하면 장승 화장한 죄인 줄 저도 알고 남도 알아 쾌히 징계될 터이니, 우리의 식구대로 병(病) 하나씩 가지고서 강쇠를 찾아가서 정수리에서 발톱까지 오장육부 안팎없이 새 집에 앙토(仰土)⁵⁾하듯, 지소방(紙所房)에 부벽(付壁)하듯, 각장(角壯) 장판⁶⁾ 기름 절 듯, 왜관(倭館) 목물(木物) 칠산같이 겹겹이 발랐으면 그 수가 좋을 듯하오."

하는고로 대방이 크게 기뻐하며,

"해남 동관(同官) 하는 말씀 불번불요(不煩不擾) 매우 좋소. 그대로 시행하되 조그마한 강쇠놈에게 저렇게 많은 동관들이 다투어 달려들면 많은 데는 축이 들고 빠진 데는 틈 날 테니 머

---

4) 앙경(殃慶) 회복이 모두 자기 자신으로부터 나온다는 말.
5) 집의 천장 산자 안쪽에 바르는 흙.
6) 아주 두꺼운 장판.

리에서 두 팔까지는 전라 경상 동관들이 차지하고, 겨드랑이에
서 볼기까지는 황해 평안이 차지하고, 항문에서 두 발까지는 강
원 함경이 차지하고, 오장육부 내장일랑 경기 충청이 차지하여
팔만 사천 털구멍 한 구멍도 빈틈없이 단단히 잘 바르라."
하고 이르더라. 이에 팔도 장승들이 청령(聽令)하고, 사냥나온
벌떼같이 병(病) 하나씩 가지고 함양 장승 앞에 서서 강쇠에게
달려들어 각기 자기네 맡은 대도 병 도배를 한 후에 전과 같이
흩어지더라.

이때에 강쇠 놈은 장승 패어 덥게 때고 그날 밤을 자고 깨어
보니, 아무 탈이 없는지라 제 계집 두 다리를 양편으로 짝 벌리
고 오목한 그 구멍을 갸웃이 굽어보며,

"밖은 검고 안은 붉은 것이 정녕 아궁일세, 뻐끔뻐끔하는 것
은 조왕동증(竈王動症) 난 것 같구료."

제 기물(己物) 보이면서,

"불끈불끈하는 양이 목신동증(木神動症) 난 것일세, 가난한
살림에 굿하고 경 읽겠나, 목신(木神)하고 조왕(竈王)하고 사화
(私和)를 붙여 보세."
하고는 아침밥 거르고 한판을 진탕하고 장담하는 말이,

"하루 이틀 쉬고 나서 이 근방 있는 장승 하나씩 패 때면, 올
봄을 지내기는 나무 걱정 없겠구나."

그날 저녁 일 마치고 곤케 자노라니 천만의외(千萬意外) 온
집안에 장승들이 진을 치고 몸 한 번씩 건드리고 말이 없이 나
가는데, 강쇠가 깜짝 놀라 말하자니 안 나오고 눈 뜨자니 꽉 붙
어서 온몸을 결박(結縛)하고 각색으로 쑤시는데 제 소견으로도
살 수 없어 날이 점점 밝아지매 강쇠 계집이 잠을 깨어 보니 숨

은 아니 끊겼구나. 정신없이 옷을 입고, 미음을 급히 고아 소금
타서 떠 넣으며 온몸을 만져 보니 이를 꾹 물고 미음이 들어갈
수 없고 낭자(狼藉)한 부스럼이 어느새 농창(濃脹)[1]하여 피고름
독한 냄새가 코를 들 수 없겠구나. 병 이름을 짓자 하니 만 가
지도 넘겠구나. 풍두통 편두통 담결통 겸하고, 쌍다래끼 석서기
청맹(靑盲)을 겸하고, 이농증 이명(耳鳴)에 귀것을 겸하고, 비창
비색에 주독을 겸하고, 면종 협종에 순종을 겸하고, 풍치 충치
에 구와증을 겸하고, 흑태백태에 설축증(舌縮症)을 겸하고, 후
비창 전비창에 쌍단아(雙單哦)를 겸하고, 낙함증 항강에 발제(髮
際)를 겸하고, 연주 나력에 상감(傷感)을 겸하고, 견비통 옹절에
수전증을 겸하고, 협통 요통에 등창을 겸하고, 흉결 북창에 부
종을 겨하고, 임질 산증에 퇴산증을 겸하고, 둔종 치질에 탈항
증(脫肛症)을 겸하고 가래톳 학질에 수종(水腫)을 겸하고, 발바
닥 독종에 티눈을 겸하고, 주로 색로에 담로를 겸하고, 육체 주
체에 식체를 겸하고, 황달 흑달에 고창(鼓脹)을 겸하고, 적리 백
리에 후중(後重)을 겸하고, 각궁반장(角弓反張)에 괴질을 겸하
고, 자치염 해수에 힐덕증을 겸하고, 섬어(譫語)[2] 빈 입에 헛손
질을 겸하고, 전근곽란(轉筋癨亂)에 토사를 겸하고, 일학 양학에
며느리심을 겸하고, 들치락 내치락에 사증을 겸하고, 단독 양독
에 온역(瘟疫)을 겸하고, 감창 당창에 용천을 겸하고, 경축복음
에 분돈증(奔豚症)을 겸하고, 내종 간옹에 주마담(走馬痰)을 겸
하고, 염병 시병에 열광증을 겸하고, 울화 허화에 물조갈을 겸

---

1) 처음부터 화농성 변화가 깊어 진피의 속, 또는 피하에까지 궤양이 생기고 표면이 고름으
   로 싸이거나 딱지가 앉는 농가진.
2) 헛소리.

하여, 사지가 불인하고 만신이 자통(刺痛)하여 굽도 펴도 꼼짝 달싹 못 하고 어쩔 수 없이 마개를 모양으로 뻣뻣이 누웠는데, 계집이 겁을 내어 병이 너무 무서우니 문복(門卜)이나 하여 보자 하고 복채 한 냥 품에 넣고 건넛마을 송봉사(宋奉事) 집을 속속히 찾아가서,

"봉사님 계옵시오?"

하고 찾으니 봉사의 대답이란 원체 칼칼하다.

"게 뉘랑가?"

"강쇠 지어미요."

"어찌서."

"그 건장하던 지아비가 밤사이 얻은 병이 곧 죽게 되었으니, 점 한 장 하여주오."

"어허 안되었구만, 어서 방으로 들어오쇼."

하고는 급히 세수하고 의관(衣冠)을 정제한 후에 단전히 꿇어앉아 대모산통(玳瑁算筒) 흔들면서 축사를 외어댄다.

"천하언재(天何言哉)시며 지하언재(地何言哉)시리요마는 고지즉응(叩之卽應)하나니, 부대인자(夫大人者)는 여천지합기덕(與天地合其德)하며, 여일월합기명(與日月合其明)하며, 여사시합기서(與四時合其序)하며, 여귀신합기길흉(與鬼神合其吉凶)하며, 신기령의(神其靈矣)라. 감이수통언(感而遂通焉)하소서. 금우태세을유이월(今于太歲乙酉二月) 갑자삭(甲子朔) 초육일 기사(己巳) 경상우도(慶尙右道) 함양군 지리산중거여인(智異山中居女人) 옹씨(雍氏) 근복문(謹伏門). 가부(家夫) 임술생신(壬戌生辰) 변강쇠가 우연히 득병하여 생사를 관단하니, 복걸(伏乞) 점신(占神)은 물비(勿秘) 괘효(卦爻) 신명(神明) 소시(昭示) 신명소시. 하나 둘 셋 넷."

하더니 산통(算筒)¹⁾을 누가 뺏기라도 하는지 부리나케 주머니에 넣고 글 한 귀를 지었는데 사목비목(似木非木) 사인비인(似人非人)이라.

"나무라 할까 사람이라 할까 어허 괴이하다."

하니 강쇠 아내 이르는 말이,

"엊그제 남정네가 장승 패더니 장승 동증(動症)인가 보다."

하매 봉사가,

"그러면 그렇지. 목신이 난동하고 주작(朱雀)²⁾이 발동하여 살기는 가망 없으니 원 풀이로 독경(讀經)이나 하여 보쇼."

하거늘 강쇠 아내 이 말 듣고,

"봉사님이 오소서."

하니 봉사가,

"가지."

하더라.

저 계집 거동 보소. 한 걸음에 급히 와서 사면에 황토(黃土) 놓고, 목욕재계하고 빤 의복 내어 입고 살망떡과 실과 채소 차려 놓고 앉아 있노라니, 송봉사가 건너 와서 문 앞에 우뚝 서며,

"어디다 차려 놓았는가?"

"여기 차려 놓았소."

"그럼 경 읽자구."

하며 북 들여놓고 가시목 북방망이 들고 요령(鐃鈴)³⁾을 한 손에 들고 쨍쨍 텅텅 울리면서 조왕경(竈王經)·성조경(成造經)을 하

---

1) 장님이 점을 칠 때에 쓰는 산가지를 넣는 통.
2) 남방을 지키는 신령으로, 남방성수(南方星宿)의 이름.
3) 불가에서 법요를 행할 때 흔드는 솔발보다 좀 작은 기구.

던 대로 읽은 후에 동(動)진 경(經)을 읽는다.

"나무동방(南無東方) 목귀살신(木鬼殺神) 나무남방(南無南方) 목귀살신(木鬼殺神) 나무북방(南無北方) 목귀살신(木鬼殺神) 나무서방(南無西方) 목귀살신(木鬼殺神)."

37편을 얼른 읽고 왼발을 탁 구르며,

"엄엄급급(奄奄急急) 여율령(如律令) 사바하(娑婆訶)쉐."

경을 다 읽은 후에,

"자네 경채(經債)를 어찌 하려나?"

하니 강쇠 계집이 돈 한 냥 내어주며,

"경채고 서울 빚이고 여기 있소."

하니 송봉사가,

"내가 돈 달랬는가? 거 새콤한 것 없는가?"

"어 앗으시오. 점잖은 터에 그게 무슨 말이라요."

하고 얌전히 타이르니 송봉사 무료하여 안개 속에 소 나가듯 하는지라. 강쇠 아내 생각하되 의원이나 청해다가 침약(鍼藥)이나 하여 보자. 해서 함양 자바지가 명의란 말을 듣고 찾아가 사정하니, 이진사(李進士) 허락하고 몸소 와서 진맥할 제, 왼손맥을 짚어 본다.

신방광맥(腎膀胱脈) 침지(沈遲)하니 장랭정박(藏冷精薄)할 것이요, 간담맥(肝膽脈)이 침실(沈失)하니 절륵통압(節肋痛壓)할 것이요, 심수맥(心水脈)이 부삭(浮數)하니 풍열두통(風熱頭痛)할 것이요, 명문삼초맥(命門三焦脈)이 이렇듯 침미(沈微)하니 산통탁진(酸痛濁津)할 것이요. 비위맥(脾胃脈)이 참심하니 기촉복통(氣促腹通)할 것이요. 폐대장맥(肺大腸脈)이 부현(浮弦)하니 해수 냉결할 것이요. 기구(氣口) 인영맥(人迎脈)이 내관외격하여

일호육지(一呼六至)하고, 십괴(十怪)가 범하였으니 암만해도 죽을 몸이라, 약이나 써 보게. 건재(乾材)[1]나 사 오자꾸나. 인삼· 녹용· 우황· 주사· 관계· 부자· 곽향· 축사· 적복령· 강활· 독활· 시호· 전호· 천궁· 당귀· 황기· 백지· 장출· 배출· 삼릉· 봉출· 형개· 방풍· 소엽· 박하· 진피· 청피· 반하· 후박· 용뇌· 사향· 별갑· 귀판· 대황· 망초· 산약· 택사· 건강· 감초 탕약(湯藥)으로 써 보자.

형방패독산(荊防敗毒散)· 곽향정기산(藿香正氣散)· 보중익기탕(補中益氣湯)[2]· 방풍통성산(防風通性散)· 자음강화탕(滋陰降火湯)[3]· 구룡군자탕(九龍君子湯)· 상사평위산(常砂平胃散)· 황기건중탕(黃芪建中湯)· 일청음이진탕(一淸飮二陳湯)· 사물탕(四物湯)[4]· 삼백탕(三百湯)· 오령산(五靈散)· 육미탕(六味湯)[5]· 칠기탕(七氣湯)· 팔물탕(八物湯)· 구미강활탕(九味羌活湯)· 십전대보탕(十全大補湯)[6] 모두 써 본들 효력이 없으니 환약(丸藥)을 써 보자.

소합환(蘇合丸)[7]· 청심환(淸心丸)[8]· 천을환(天乙丸)· 포룡환(抱龍丸)[9]· 사청환(瀉淸丸)· 비급환(脾及丸)· 광제환(廣濟丸)· 백발환(白髮丸)· 고암심신환(古庵心腎丸)[10]· 가미지황환(加味地

---

1) 첩약이나 환약을 짓지 않은 그대로의 약재.
2) 원기를 도우며 외감을 푸는 탕약.
3) 음허화동· 도한· 담증에 쓰는 탕약. 흔히 폐결핵에도 씀.
4) 보혈로 쓰이는 탕약의 한 가지. 숙지황· 백작약· 천궁· 당귀를 조합하여 만듦.
5) 숙지황· 산약· 산수유· 백복령· 목단피· 택사 등으로 짓는 가장 흔히 쓰이는 보약.
6) 원기를 돕는 약. 팔물탕에 황기· 육계를 더함.
7) 위장을 막게 하고 정신을 쾌하게 하는 약.
8) 심경의 열을 풀고 담을 삭게 함.
9) 열로 인한 경풍에 쓰는 환약.
10) 도한· 정충· 유정 등에 쓰는 환약.

黃丸)·경옥고(瓊玉膏)·신선고(神仙膏) 등 아무것도 효력 없다. 단방약(單方藥)을 하여 보자. 지렁이즙·굼벵이즙·우렁탕 섬 사주·무가산·황금탕과 오줌찌끼·월경수며 땅강아지·거머 리·황우리·메뚜기·가물치·올빼미를 다 써 보아도 효험 없 다. 침(鍼)이나 주어 보자.

순금장식 대모침통(玳瑁鍼筒) 절렁절렁 흔들어서 삼릉(三稜) 을 빼어 들고 차차 혈맥 짚어 놓을 제, 백회(白會) 짚어 통천(通 天) 놓고, 뇌공 짚어 풍지(風池) 놓고, 전중 짚어 신궐(神闕) 놓 고, 기해(氣海) 짚어 대맥(帶脈) 놓고, 대저(大杼) 짚어 명문(命 門) 놓고, 장강(長强) 짚어 간유(肝兪) 놓고, 담유(膽兪) 짚어 소 장유(小腸兪) 놓고, 방광유(膀胱兪) 짚어 곡지(曲池) 놓고, 수삼 리(手三里) 짚어 양곡(陽谷) 놓고, 완골(腕骨) 짚어 내관(來關) 놓고, 대릉(大陵) 짚어 소상(小商) 놓고, 환도(環跳) 짚어 양릉천 (陽陵泉) 놓고, 현종(顯宗) 짚어 위중(委中) 놓고, 승산(承山) 짚 어 곤륜(崐崙) 놓고, 신맥(申脈) 짚어 삼음교(三陰交) 놓고 공손 (公孫) 짚어 축빈(築賓) 놓고, 조해(照海) 짚어 용천(涌泉)을 놓 아 온몸을 다 쑤셔 대니 병에 곯고 약에 곯고 침에 곯아 더욱 죽을 수밖에 없구나. 이진사(李進士) 하는 말이,

"약은 백 가지요 병은 만 가지니, 말질(末疾)[1]이라 고칠 수 없 소이다."

하고는 하직하고 가 버린다.

의원이 간 연후에 침약의 효험일는지 목신의 조화인지 강쇠 가 힘을 얻어 아내 손목 덥썩 잡고 눈물지며 하는 말이,

---

1) 고치기 어려운 못된 병.

"자네는 양서(兩西) 사람, 내 몸은 삼남(三南) 사람. 하늘이 지시하고 귀신이 중매하여 오다가다 맺은 연분, 죽자 살자 깊은 맹세, 단산(丹山)의 봉황이요, 녹수(綠水)의 원앙이라. 잠시도 이별 말고 백년해로 하겠더니 일야에 얻은 병이 백 가지 약도 효험 없어 한창 젊은 이 내 몸이 황천(黃泉) 원로(遠路) 갈 터이니, 생기사귀(生寄死歸) 나는 섧지 않으나 생리사별(生離死別) 자네 정경(情景) 차마 어찌 보겠는가. 비같이 쏟던 정이 구름같이 흩어지면 눈같이 녹는 간장, 안개같이 이는 수심(愁心). 도리화(桃李花) 피는 봄과 오동잎 지는 가을, 두견이 슬피 울고 기러기 높이 날 제, 독수공방(獨守空房) 자네 신세 잔생(殘生)이 불쌍하이. 자네 정경 가긍하니 아무리 살자 한들 내 병세 지독하여 어차피 죽을 테니, 이 몸이 죽거들랑 염습(殮襲)[2]하되 입관(入棺)을 자네 손수하여 출상(出喪)할 때 상여 배행(陪行) 시묘(侍墓)살이[3] 조석 상식(朝夕上食) 삼년상을 지낸 후에 비단 수건으로 목을 졸라 저승으로 찾아오면, 이생에 미진연분(未盡緣分)이 단현부속(斷絃復續) 되려니와, 내가 지금 죽은 후에 사내는 물론이거니와 십세전(十歲前) 아이라도 자네 몸에 손대거나, 집 근처에 얼씬하면 당장 급사할 것이니 부디부디 그리하소."

하더니, 여편네 속곳 고쟁이 속으로 손을 푹 넣어 여인의 보지 쥐고 으드득 힘 주더니, 벌떡 일어나 우뚝 서서, 건장한 두 다리는 유엽전(柳葉箭)을 쏘려는 듯 비정비팔(非正非八) 빗디디고, 바위 같은 두 주먹은 십왕전(十王殿)의 문지긴지 눈 위에 높이 쳐들고, 상투 풀어 산발하고 왕방울 같은 눈은 홍문연(鴻門宴)

---

2) 죽은 사람의 몸을 씻긴 뒤에 옷을 입히고 염포로 묶는 일.
3) 부모의 거상중에 그 무덤 옆에서 막을 짓고 3년 동안 사는 일.

번쾌(樊噲)[1]인지 찢어지게 부릅뜨고, 혀는 한 발이나 쑥 내밀고, 짚둥우리같이 부어오른 몸뚱이에 피고름이 낭자하고, 주장군(朱將軍)은 그저 뻣뻣, 목구멍에 숨소리 깔딱, 콧구멍에 찬바람이 웽, 생문방(生門方) 안처럼 하고 장승 죽음 하였더라.

여인은 겁이 덜컥 나서 울 생각도 없지마는 저놈의 성깔 짐작하고 임종유언(臨終遺言) 있었으니 전례곡(典禮哭)은 해야겠기에 비녀 빼어 낭자 풀고, 주먹 쥐고 방을 치며,

"애고애고 설운지고, 애고애고 어찌 살꼬. 여보소 서방님네 날 버리고 어딜 가노. 나도 가세, 함께 가세, 임을 따라 나도 가세. 청석관에 만날 적에 백년해로 하자더니, 황천객 혼자 되니 일장춘몽 허망하다. 적만산중(寂寞山中) 텅 빈 집에 강근지친(强近之親) 고사하고 동네 사람도 없으니 낭군 치상(治喪) 어찌 하고 이내 신세 어찌 살꼬. 웬 년의 팔자가 상부복(喪夫福)을 그리 타고 나서, 송장 많이 보았어도 보던 중에 처음이네. 애고애고 설운지고, 나를 만일 못 잊어서 눈을 감지 못할 테면 날 잡아 가소. 나를 잡아가. 애고애고 설운지고."

이렇듯 한참 통곡한 후에 사자(使者)[2] 밥 지어 놓고, 옷깃 잡아 초혼(招魂)[3]하고 혼잣말로 신세 자탄하는데,

"무인지경(無人之境) 이 산중에 나 혼자 울어서는 낭군 치상할 수 없어 시충출호(尸蟲出戶) 될 터이니 큰 길가에 앉아 울면

1) 중국 한나라 고조 때의 공신. 강소성 패현 사람. 천하의 장사로, 처음에는 비천한 지위에 있었으나 고조를 도와 전공을 세워 연무공이 되었다가 뒤에 무양후에 봉함을 받음.
2) 죽은 사람의 혼을 저승으로 잡아간다는 심부름하는 귀신.
3) 사람이 죽었을 때, 그 사람이 생시에 입던 저고리를 왼손에 들고 오른손은 허리에 대어 지붕에 올라서거나 마당에서 북쪽을 향해 '아무 동네 아무개 복(復)'이라고 세 번 부르는 일.

오입남자(誤入男子)[4] 만나서 치상할 수 있을 듯하니 그 수가 장히 좋겠다."

하고 상부(喪夫)에 이력이 나서 소복(素服)은 많겠다. 생서양포(生西洋布) 깃저고리, 종성내의(鐘城內衣) 삼베치마, 외씨 같은 고운 발부리 삼승버선 골라 신고 구름같이 검은 머리 흐트러지게 잡아 얹고, 도화색 두 뺨에 눈물 흔적 더욱 예쁘다. 아장아장 곱게 걸어 큰길을 펄썩 앉아, 본래 서관(西關) 여인이라 목소리는 좋을시고, 쓰러져 가는 듯이 앵두를 따는데 이것이 묵은 서방 생각이 아니라 새서방 홀리는 소리니 오죽이나 간드러지겠는가. 사실은 망부사(望夫辭) 비슷하고, 염장은 연해 '애고애고' 맞춘다.

"애고 애고 설운지고, 이내 신세 가긍하다. 일신이 고단키로 20이 갓 넘어 삼남을 찾아오뇌, 사고무친(四顧無親) 객지로다. 오행궁합(五行宮合) 좋다기에 육례(六禮) 없이 얻은 서방 칠차(七次) 상부(喪夫) 또 당하니 팔자 그리 짓궂던가. 구곡간장 이 원통을 시왕전(十王前)에 아뢰이자. 애고애고 설운지고. 여심상비(女心常悲) 남물흥사(男勿興事) 보는 것이 설움이라. 유상(柳上)에 우는 황조(黃鳥) 벗을 오라 한다마는 황천 가신 우리 낭군 내 어이 불러 오며, 화간(花間)에 우는 두견 붙여귀라 한다마는 가장치상(家長治喪) 못 한 내가 어디로 가자느냐, 동원도리편시춘(東園桃李片時春)에 내 신세를 어이 하며, 춘초(春草) 연년 푸르는데 낭군 어이 귀불귀(歸不歸)요. 애고애고 설운지고. 북해상(北海上)에 있다면 안족서(雁足書)나 부칠 테요. 농산이 가까

---

4) 사내가 노는 계집과 상종하는 일.

우면 앵무 소식 오련마는 주야 동포하던 정이 영이별이 된단 말
가. 애고애고 설운지고."
하며 애원하는 목소리가 화주성(華周城)이 무너질 듯 시냇물이
목메인 듯하더라.

이때에 화림(花林) 사이로 산나비 하나가 다가오는데, 몹시도
덤벙여서 붉은 칠 실양갓에 주황사(朱黃絲) 나비 수염 은구영자
(銀鉤纓子) 공단(貢緞) 끈을 두 귀에 덮어 매고, 총감투 소년당
상(少年堂上) 외꽃 같은 은관자(銀貫子)를 양편에 떡 붙이고, 서
양포(西洋布) 대쪽누비 상하통같이 입고, 한산세저(韓山細苧) 익
물 장삼(長衫), 진홍 분합(分合) 눌러 띠고 흰 총박이 네 날 초혜
(草鞋), 고운 새김 버선목을 행전 위에 덮어 신고, 천은(天銀)으
로 꾸민 화류승도(樺榴僧刀) 겉고름에 느려 차고, 오십시(五十
矢) 진상칠선(進上漆扇) 기름 거려 손에 쥐고, 동구 색주가에 곡
차(穀茶)[1]로 반취(半醉)하여 용두 새긴 육환장(六環杖)을 이리로
철철 저리로 철철, 청산석경(靑山石逕)에 굽은 길로 흐늘거려
내려오다 울음소리 잠깐 듣고, 이리저리 둘러보며 한참을 주저
터니 여인을 얼른 보고 슬금슬금 다가가니, 재치 있는 저 아낙,
중 오는 줄 먼저 알고 온갖 교태 다 부린다. 얼굴을 번듯 들어
먼 산을 바라보고 치맛자락 당겨다가 눈물도 씻어 보고 손 올려
턱도 받쳐 보고 설움을 못 이기는 체 머리도 쥐어뜯으며 더욱
더 섧게 운다.

"신세를 생각하면 해당화 저 가지에 결항치사(結項致死)[2]할
것이로되 설부화용(雪膚花容) 이내 청춘 아직도 멀었으니, 적막

---

1) 진묵대사가 술을 좋아했는데, 술이라고 하기가 혐의쩍어서 차라고 했음.
2) 목을 메어 죽음.

공산(寂寞空山) 무주고혼(無主孤魂)[3] 그 아니 원통한가. 넓고 넓은 천지간에 풍류호사(風流豪士) 의기남자(義氣男子) 응당 많이 있으련만, 내 속에 먹은 마음 그 뉘가 알아주랴. 애고 애고 설운지고."

하는지라. 중놈이 그 얼굴 태도를 보고 정신 놓고 서 있다가 우는 연고 들어보니 죽을 밖에 수가 없겠구나. 참다 참다 못 견디어 제가 독한 마음 먹고 썩 나서며,

"소승 문안드리요."

하니 여인이 힐끗 보고, 못 들은 체 연해 운다,

"오동에 봉 없으니 오작이 지저귀고, 녹수에 원(鴛) 없으니 오리가 날아든다. 애고 애고 설운지고."

중놈이 이 말을 들으니 저를 업신여기는 말인지라 사생을 불구하고 바싹바싹 달겨들며, '소승 문안이요'를 연발하니 여인이 울음을 그치고 점잖이 꾸짖어,

"중이라 하는 것이 부처님의 제자이니 계행(戒行)이 다를 텐데 적막산중 수풀 속에 아지 못한 여인에게 체모 없이 달려드니 버릇이 괘씸하다. 문안은 그만 하고 갈 길이나 어서 가게."

하니 중의 대답이,

"부처님의 제자기에 자비심(慈悲心)이 많삽더니 시주(施主)님 저 청춘에 애달피 우는 소리에 뼈가 저려 못 가나니, 우는 내력 알고프다."

연이어 대꾸하여,

"단부처(單夫妻) 산중에 살아 강근지친(强近之親) 없사온데 신

---

3) 제사를 지내거나 해서 위로해 줄 자손이 없는 외로운 혼령.

수가 불행하여 가군 초상 만났으니, 송장조차 험악하고 치상할 수 없삽기로 여기 와서 우는 뜻은 담기(膽氣) 있는 남자 만나 가군 치상(治喪)한 연후에 청춘 수절할 수 없는고로 그 사람과 부부 되어 백년해로 하자 하니, 대사(大師)님 말씀대로 자비심이 있삽거든 근처로 다니시며 협기남자(俠氣男子) 만나거든 지시하여 보내소서."

하는지라. 중이 또 물어,

"우리 절 중 가운데도 자원하는 이 있으면 가르쳐 보내리까?"

"치상만 하게 되면 그 사람과 살 터이니 승속(僧俗)을 가리겠소?"

그 중이 크게 기뻐하여,

"그렇다면 쉬운 일 있소이다. 그 송장 내가 치고 나와 살면 어떠하오."

"아까 다 한 말이니 다시 물어 뭘 하겠소."

저 중이 좋아라고 양갓 감투 벗어 찢고 공단 갓끈 금관자(金貫子)는 주머니에 떼어 넣고, 장삼(長衫) 벗어 띠로 묶어 어깨에 둘러메고, 계집은 앞 서고 중놈은 뒤 서서 강쇠 집으로 걸어갈 제 중놈의 장난이 능란하다. 여인의 등덜미에 손도 쓱 넣어 보고, 젖도 불끈 쥐어 보고, 허리 질끈 안아 보고, 손목 꽉 잡아 보며,

"암만해도 못 참겠네. 우선 한번 하고 가세."

하며 은근 슬쩍 얼러 보니 여인이 책망하여,

"바삐 먹으면 목이 메고, 빨리 더우면 쉬 식나니 여러 해 주린 색정(色情) 아무리 그렇기로 죽은 서방 방에 두고, 새서방 맞아들여 그 노릇이 내 인사 되겠는가, 다 되어 가는 일을 마음

조금 진정하소."

중이 듣고,

"일인즉 그러하네."

하고 수박 같은 대가리를 번뜻번뜻 흔들면서,

"10년 공부 아미타불, 참부처는 될 수 없고 삼생가약(三生佳約) 우리 미인 가부처(家夫妻)나 되어 보세."

강쇠 문전 당도하여,

"시체방이 어디 있노?"

여인이 가리키며,

"저 방에 있소마는 시체가 벌떡 서서 형용이 험상하니 마음 단단히 먹어 놀라지나 마시오."

하고 당부하니 이놈이 여인에게 협기(俠氣)를 자랑하노라고 큰소리로,

"우리는 겁이 없네. 칠야삼경(漆夜三更) 깊은 밤에 궂은비 흩뿌릴 제, 적적한 천왕각(天王閣)에 혼자 자는 사람이라, 그 같은 섰는 송장 조금도 염려 없네."

하면서 속으로 진언(眞言) 치고 방 안으로 들어서서 송장을 얼른 보고 고개를 푹 숙이며 중 버릇대로 두 손을 합장하고, 문안(門安)하는 것으로 그만 열반(涅槃)하였네.

강쇠 계집이 매장포(埋葬布) · 백지 · 등물(等物) 수습하여 가지고서 뒤쫓아 들어가니, 허망한 저 중놈이 벌써 이 꼴로 죽어 있구나. 깜짝 놀라 발 구르며,

"애고지고, 이게 웬일인가. 송장 하나 치려다가 송장 하나 또 생겼네."

하고는 방문 닫고 뜰 가운데 홀로 앉아 송장에게 정설(情說)하

며 자탄신세(自歎身勢) 우는구나.

"여보소 변서방아, 어찌 그리 무정한가. 청석관에 만난 후에 각 포구(浦口)로 다니면서 간신히 모은 전량(錢糧)을 잡기(雜技)로 다 없애고 산중살이 하쟀더니, 장승 어이 패어 때고 목신동증(木神動症) 젊은 죽음 모두 자네 자취(自取)[1]로세. 49일 병구완할 제, 내 간장이 다 녹았네. 험상한 저 신세를 어쩔 수 없어 대로변 지나는 중을 간신히 홀렸더니 허신(許身)[2]도 한 일 없이 강짜를 하노라고 송장 치러 간 사람을 저 죽음 시켰으니, 이 소문나게 되면 송장 칠 놈 있겠는가. 송장만 친 후엔 자네 유언대로 수절할 터이니 다시는 강짜 마소. 애고애고 내 신세야. 치상을 누가 할꼬."

이렇듯 애긍히 우노라니, 천만의외(千萬意外) 솔대밑 친구 하나 달려들어,

"예 돌아왔소. 구름 같은 집에 신선 같은 이 나그네 왔소. 퉤, 옥 같은 입에 구슬 같은 말이 쑥쑥 나오네. 퉤, 이 개야 짖지 마라. 낯은 왜 안 씻어 눈꼽이 따닥따닥, 나를 보고 짖느니 네 할애비 보고 짖어라, 퉤."

이렇게 야단법석을 떠는구나.

여인이 살펴보니 구슬상모(象毛), 담방거지, 빠듯이 멘 통장구에 적 없는 누비저고리, 때 묻은 붉은 전대 제 멋으로 어깨에 띠고, 조개장단 주머니에 주황사(朱黃絲) 벌매듭, 초록 낭릉(浪綾) 쌈지 차고, 청 삼승 허리띠에 버선코를 길게 빼어 오뫼장 짚신에 푸른 헝겊 들메고, 50살 늘어진 부채, 송화색(松花色) 수건

---

1) 잘하고 못하든 자기 스스로 만들어 됨.
2) 여자가 자기 몸을 남자에게 허락함.

달아 덜미에 엇게 꽂고, 앞뒤꼭지 뚝 내민 놈 앞살 없는 헌 망건에 자재관자 굵게 달아 당줄에 짓눌러 쓰고, 굵은 무명 벌통 한삼(汗衫) 무릎 아래 축 처지고, 몸집은 짚둥우리 같고, 배통은 항아리 같고, 두리두리 두 눈구멍. 흰 도리테 고르고, 납작한 콧마루에 주석 대갈 총총 박고, 꼿꼿한 센 수염이 양편으로 요동하고, 반백(斑白)이 넘은 놈이 목소리는 새된 것이 비지땀을 씻어대며 헛기침 켁켁 뱉으면서,

"예 오노라 가노라 하노라니, 우리 집 마누라가 아주머님 전에 문안 아홉 꼬쟁이, 평안 아홉 꼬쟁이 이구십팔 열여덟 꼬쟁이 낱낱이 전하라 하옵디다. 당당 동당 폐."

여인이 기가 막혀 초라니를 나무라서,

"아무리 초라닌들 어찌 그리 경망한고. 가군(家君)의 초상 만나 치상도 못 한 집에 장고 소리 부당하오."

"예 초상이 났사오면 중복(重服)[3]막이 오귀(惡鬼)물림 잡귀 잡신을 내 솜씨로 쫓아내자. 폐, 당당 동당. 정월 2월 드는 악은 3월 3일 막아 내고 4월 5월 드는 악은 6월 9일 막아 내고, 10월 동지 드는 악은 납월 납일 막아 내고, 매월 매일 드는 악은 초라니 장고로 막아 내세. 폐, 당당 동당. 통영칠(統營漆) 두리반에 쌀이나 되어 놓고 명(命)실과 명전(命錢)이며 귀가 가지 저고리를 아끼지 마옵시고 어서 어서 내어놓소."

"여보시오 이 초라니, 가가 문전 들어가면 오라는 데 어디 있소?"

"뒤꼭지 찌르면서 핀잔 악담하는 것을 꿀로 알고 다니오니

---

3) 대공(大功) 이상의 상복.

난장쳐도 못 가겠소. 박살내도 못 가겠소."

하고 억지 쓰니 여인이 이르기를,

"중복막이, 오귀물림 호강하는 말이로세. 서서 죽은 송장이라 쳐 낼 사람 없어 시각이 민망하네."

이 말 듣더니 초라니가 좋아라고 장고치며 방정을 떤다.

"사망이다, 사망이다. 발부리가 사망이다. 불리었다, 불리었다. 좋은 바람 불리었다. 폐 당당 동당. 재수 있네, 재수 있네, 흰 고리눈 재수 있네. 복이 있네. 복이 있네, 주석(朱錫)코가 복이 있네. 폐 당당 동당. 어제 저녁 꿈 좋기에 이상히 알았더니 이 댁 문전 찾아와서 송장 사망 터졌구나. 폐 당당 동당. 신사년(辛巳年) 괴질통에 험악하게 죽은 송장 내 손으로 다 쳤으니, 그 같은 선 송장은 외손의 아들이니 삯을 먼저 결단하오. 폐 당당 동당."

여인이 게으른 강쇠에게 간장이 다 녹다가 이 객의 거동 보니 부지런키 쫙이 없어 점대 끝에 앉았어도 굶지 아니하겠구나. 애처로운 대답이,

"가난한 내 형세에 돈 없고 곡식 없어 치상을 한 후에 부부 되어 살 터이오."

하는지라 초라니가 또 덤벙여,

"얼씨구나, 멋있구나. 절씨구나 좋을씨고, 폐 당당 동당. 맛속 있는 오입장이 일색미인 만났구나. 시체 방문 어서 여오, 내 솜씨로 치워 낼께. 폐 당당 동당."

여인이 방문 여니 초라니 거동 보소. 시체방 문전에 당도터니 몸 단속 단단히 하여 장고끈 졸라 매고, 제 손에 힘을 주어 험악한 저 송장을 제 고사(告祀)로 뉘이기로 부지런히 서두는데,

"여보소, 저 송장아. 이내 고사 들어 보소. 폐 당당 동당. 오행(五行) 정기 생긴 사람 노소간에 죽어지면 혼령은 귀신 되고, 신체는 송장이되 무슨 원통 그리 있어 혼령은 안 헤치고 송장은 뺏뺏 섰노. 폐 당당 동당. 이내 고사 들어 보면 자네 원통 다 풀리네. 살았을 제 이생이요, 죽어지면 저생이라. 만사 부운(浮雲) 되었으니 처자 어찌 따라갈까. 훼파은수(毁破恩讐)[1] 자세히 보니 옛 사람의 탄식일세. 폐 당당 동당."

보드랍던 장고 채가 뒤마치만 소리하여, '꽁꽁꽁'. 풀잎 같은 새된 목이 고비 넘길 수가 없고, 날쌔게 놀던 몸집 삼동이 뒤틀리고, 한출첨배(汗出沾背)[2] 가쁜 숨이 어깨춤에 턱을 채여, 한 다리는 오금 죽여 턱 밑에 장고 얹고, 망종(亡終) 쓰는 한 마디 목 하염없이 구성이라. 뒤마치 꽁 치며 고사 죽음 돌아가니, 여인이 깜짝 놀라 손바닥을 딱딱 치며,

"또 죽었네, 또 죽었어. 방정맞은 저 초라니 자발 없이 덤벙이다 허망히도 돌아갔네. 고단한 내 한 몸이 세 송장을 어이 할꼬."

담배를 피워 물고 먼산 보고 앉았는데 대목 미처 파장인가, 어·농 풍년 시평(市坪)인가. 오색 발가리 친구들이 짓끌어 들어온다. 풍각(風角)장이[3] 한 패가 오는데, 그중에 앞선 가객 다 떨어진 통량갓에 벌이줄 매어 쓰고, 소매 없는 베중치막 권생원(權生員)께 얻어 입고, 세목(細木)동 옷 때 묻은 놈 모동지께 얻어 입고, 안만 남은 누비저고리 신선달(申先達)께 얻어 입고, 다

---

1) 은혜와 원수를 헐어 깨뜨림.
2) 부끄럽거나 무서워서 땀이 흘러 등을 적심.
3) 집집으로 돌아다니면서 문 앞에 서서 풍류를 하며 돈을 구걸하는 사람.

떨어진 전(氈)등거리 송선달(宋先達)께 얻어 입고, 부채를 부치되 뒤엣놈만 시원하게 부치면서 들어와서 말하는 투가 경기 말투 옆도 못 가고 금강 이쪽 억양이다.

"여보시오. 이 마누라댁 송장이 접사하여 쳐 낼 사람 없다 하니 내 수단껏 쳐 내면 나하고 둘이 살겠소?"

여인이 대답하여 묻되,

"무슨 재조 가지셨소?"

"예 나는 소리 명창 가객이요."

여인이 또 물어,

"송선달 아시오?"

"예 그게 내 제자요."

"그럼 신선달도 아시오?"

"예 둘째 제자지요."

"세상 사람 하는 말이 모란(牧丹)은 화중왕(花中王), 송선달은 가중왕(歌中王), 다시 윗수 없다는데 그 사람들의 선생 되면 당신의 소리 재주는 가중의 천자(天子)인가 보우."

"남들이 그렇다고 수군수군합니다."

그 뒤에 퉁소장이 빡빡 얽은 전벽소경 퉁솟대 손에 쥐고 강경장(江景場)에 넝마 큰 옷 빳빳하게 풀을 먹여 초록실 띠 두르고, 지팡 막대 잡은 아이 열댓 살 거의 된 놈 굵은 무명 홑바지 길목 신고 모시 행전 홍일광단(紅一光緞) 도리꿈치 갈매 창옷 송화색(松花色) 동정 쇠털 같은 노랑머리 밀기름 칠하고, 이마 재어 공단댕기 빗겨 땋고, 검무(劍舞) 출 칼 가졌으며, 가얏고 타는 사람 빼빼 마른 중늙은이 피골이 상접한데 토질(土疾) 먹은 기침 소리는 광쇠 치는 소리 같고, 긴 손톱 검은 때와 빈대코

콧가죽이 입술까지 내리 덮고, 떡메모자 대갓끈에 가얏고를 맸
으되 경상도 경주 도읍 시절에 난 것이라 복판이 좀이 먹고 도
막 난 열두 줄을 망건 당줄 이어 달고 쥐똥나무 괘(樑)를 꾀어
주석 고리 끝을 달아 왼 어깨에 둘러매고 북 치는 놈 맵시 보
소. 머지리 총각 놈이 여드름과 개기름이 용천뱅이 초 잡은 듯
짧은 머리 길게 땋고, 외손질 늙은 놈이 체바퀴 열두 도막을 도
막도막 주워 이어 노구녹피(老狗鹿皮) 북을 매어 쐐기 박아 끈
을 달아 두 어깨에 둘러메고, 거들거려 들어오며 장담을 서로
한다.

"송장이 어디 있소? 그 같은 것 쳐내기는 식은 죽 먹기지."

이에 여인이 이르는 말이,

"그렇게 거들거리며 장담하다 실없이 죽은 사람 몇이 된 줄
모르겠소."

하니 그 사람들이 장담하여,

"그 염려는 마시오. 내 노래 한 곡조면 읍귀신(泣鬼神)하는 터
요. 가얏고로 말하면 진국미인(秦國美人) 허청금(虛廳琴)에 형장
사(刑壯士)도 잡았으며, 왕소군(王昭君)[1] 출새곡(出塞曲)은 호인
(胡人)도 낙루하고, 옹문금(雍門琴) 슬픈 소리에 맹상군(孟嘗
君)[2]도 울었으니, 내 또한 상심곡(傷心曲)을 처량하게 타거드면
멋있는 저 송장도 날 괄시할 수 없지."

퉁소장이 하는 말이,

---

1) 중국 전한 원제의 궁녀. 이름은 장, 소군은 자. 절세의 미인이었는데 흉노와의 친화책
   때문에 호한사 선우에게 출가해서 아들 넷을 낳고 호지에서 자살했음.
2) 중국 전국 시대 제나라의 공족 정치가. 성은 전, 이름은 문. 양객(養客)을 좋아했는데,
   진(秦)나라에 들어가 소왕에게 피살될 뻔 했을 때 식객 중의 두 선비에 의해 위기를 면
   한 이야기는 유명함.

"내 퉁소 부는 법은 여읍여소(如泣如訴) 슬픈 소리 계명산 추야월에 장자방(張子房)의 곡조로다. 팔천 제자 흩어질 제, 우미인(虞美人)[1]은 목 찌르고, 항장사(項壯士)도 울었거늘 제까짓 송장이야 동지섣달 불강아지지."

하는데 북 치는 놈 내달으며,

"이내 솜씨 북을 치면 전단(田單)이 되놈 칠 때 시석지소(矢石之所) 우뚝 서서 원포고지(援枹鼓之)하던 소리, 장익덕(張益德)이 고성현에 관공(關公)님의 용맹 보자 삼동고 치던 소리라. 제아무리 험한 송장이기로 아니 쓰러질 수 있나."

하니 또 검무 추는 놈이 양 손에 칼을 들고 연풍대(燕風臺)[2] 좌우 사위 번듯번듯 둘러메고,

"여보시오, 기탄(忌憚) 마오. 소년 십오 이십시에 일검증당백만사(一劍曾黨百萬死)라. 홍문연(鴻門宴) 큰 잔치에 항장(項莊)의 날랜 칼이 날 당할 수가 없고, 양소유(楊小遊) 대진중(大陣中)에 심오연(沈烏烟)의 추던 춤이 내게 비교치 못할 테니, 송장 치기 두말 있겠나, 송장 방이 어디 있소?"

이렇듯 제 각기 장담하니, 여인이 생각한즉 식구가 여럿이요, 재조가 저만하니 송장 서넛 쳐 내기는 염려 없다 싶은지라.

"여보시오, 손님네들. 송장 먼저 보아서는 아마 기가 막힐 테니, 시체 방문 닫은 채로 뒷마루에 늘어앉아 각색풍류(各色風流) 할라치면, 멋있는 송장이니, 감동하여 눕거드면 묶어 내기 쉬울 터이니 그리 하는 것이 어떻겠소."

"그 말이 매우 좋소."

---

1) 옛날 중국 초나라 왕 항우의 총희. 늘 항우를 따라다녔다는 절세의 미인.
2) 기생이 추는 칼춤의 한 가지.

하고 굿 하는 집에 고인(故人)처럼 마루에 늘어앉고 검무장이
일어서서 여민락(與民樂)³⁾ 심방곡(心方曲)을 재미있게 한참 노
니 방에서 찬바람이 스르르 일어나며 쌍창문이 절로 열려 온몸
이 으스스하며 독한 내가 코를 찌르니, 눈 뜬 식구들은 송장을
먼저 보고 제 절로 다 죽는구나. 가객의 거동 볼라치면 초한가
(楚漢歌)를 한참 할 제,

  "일후 영웅 장사들아 초한 승부(勝負) 들어 보소. 절인지력(絶
人之力)⁴⁾ 부질없고, 순민심(順民心)이 으뜸 일세. 한패공(漢沛公)
십만대병 구리산하(九里山下) 십사면에 대진을 둘러치고, 초
(楚) 패왕을 잡으려 할 제, 거리거리 마병(馬兵)이요. 골짝골짝
복병(伏兵)이다."

하며 부채를 쫙 펼치더니 숨이 딸각.

  가얏고 타는 사람 짝타령을 타느라고,

  "황성(荒城)에 허조벽산월(虛照碧山月)이요, 고목은 진입창오
운(盡入蒼梧雲)이라 하던 이태백으로 한 짝. 삼년정리관산월(三
年征裡關山月)이요, 만국병전초목풍(萬國兵前草木風)이라 하던
두자미(杜子美)로 한 짝. 둥 덩덩 지 둥덩."

하고는 그만 뻗고.

  북 치던 늙은 총각, 다시 치는 소리 없고, 칼춤 추던 어린아이
오도 가도 아니하고, 제 자리에 꼭 서 있고 퉁소 불던 얽은 봉
사 송장 모습 못 본고로 죽을 차례 모르고서 먼눈을 번뜩이며
봉(鳳)장취를 한참 불 제, 무서운 기 왈칵 들고 독한 냄새 쿡 찌
르니 불 힘이 점점 줄어 그만 자진하고 마는구나.

---

  3) 정재(呈才) 때나 거동 때에 앞뒤의 고취가 아뢰던 아악의 한 가지.
  4) 남보다 아주 뛰어난 힘.

여인이 기가 막혀서 울음도 울 수 없고, 사지가 느른하여 이를 어쩜 좋을꼬. 이것들 앉은 대로 여기다 두어서는 아무 사람와 보아도 우선 놀라 갈 터이니, 방 안에다 감추자고 하나씩 고이 안아 동서편 두 벽 밑에 차례로 앉혀 놓으니, 앉은 것은 명부전(冥府殿)[1]에 시왕(十王) 뿐, 집 이름은 초상 상(喪) 자 팔상전(八喪殿)[2], 시방문(尸房門) 닫고서 대문간에 비껴 서서 대로변을 바라보니 어떠한 사람 하나 맛있는 연비정(燕飛程)을 권생원(權生員) 비슷하게 냅다 떠는데,

"이봐, 벗님네야. 이때는 어느 땐고. 하사월(夏四月) 초파일에 연자(燕子)는 남으로 펄펄 날아들고, 석양산로(夕陽山路)에 어디로 가자느냐. 천지로 장막(帳幕) 삼고 일월로 등촉 삼고 남의 집 내 집 삼고 가는 길 노자 되고 멍석자리 등돗 삼아 두루 꿰질러 다니다가 달은 밝고 바람 찬 밤에 광충다리 홀로 우뚝 서서 이내 신세를 곰곰이 생각하니, 팔만장안 억만 가구 방방곡곡 가가호호 귀돌적간을 꿰질러 다니며 보아도 이런 벌건 목두기의 아들 놈 팔자 또 어디 있을꼬. 애고애고 설운지고."
하며 간드러지게 부르면서 문전으로 들어오는데, 산새털 벙거지 넓은 끈 졸라 매고 마가목채 등덜미에 꽂고 때 묻은 고의적삼 육승포(六升布) 은골전대 허리를 잡아매고 발 감기 곱게 하여 짚신을 얼맸는데 키는 장승 같고 낯은 징 같고 눈은 등장만하고 코는 메주덩이 입은 쌀전 되 같고 발은 동작(銅雀)이 거루 선 것 같고, 초라니 탈 안 써도 천상 말뚝이 본인데 여인을 쓱 보더니 사투리로 세치를 내 갈리는데,

---

1) 지장보살을 주로 하여 염라대왕 등 10대 왕을 봉안한 절 안의 전각.
2) 석가 팔상의 그림과 존상을 봉안한 법당.

"이런 제 어미를, 그래 마누라가 제 낭군 송장 쳐 주면 둘이
살자고 하는 마누라요?"

하고 물으니 여인이 애절히 대답하여,

"예 그러하오."

"그 제 어미를 할 송장이 어떻게 죽었단 말이요?"

하며 일어서서 두 주먹 불끈 쥐고 이놈이 연해 희색하여,

"뇌를 콱 치려고 두 다리 벌여 딛고, 뇌를 탁 차자고 두 눈을
딱 부릅떴소? 에게 이것이 용병(病)이라니 그도 가소지, 집에
갈퀴 있소?"

"예 있소."

"그놈의 눈구멍을 내 보지 않으려니, 고개를 숙이고서 그놈
눈꺼풀을 갈퀴로 긁어서 덮을 테니, 마누라는 밖에 서서 갈퀴가
눈꺼풀에 닿으면 닿다고 하오."

하더니, 이놈이 갈퀴 들고 시체 방에 들어서서 고개를 푹 숙이
고, 두 손으로 갈퀴 들어 송장 눈에 대면서,

"웃 꺼풀에 닿았소?"

여인이 뒤에 서서,

"조금 올리시오."

"닿았소?"

"조금 내리시오."

"닿았소?"

"닿았소."

하매 딱 하고 긁은 것이 손이 조금 미끄러져 아랫 꺼풀 긁어 놓
으니, 눈이 뚝 불거져서, 앙 하고 호랑이 재조를 하는 것 같구
나. 가만히 쳐다보더니 이놈의 깜짝 놀라 갈퀴를 내버리고 바로

뛰어 도망할 제, 그물 안의 숭어 뛰듯, 선불 맞은 호랑이 달리
듯, 곧 들고 째는구나.

여인이 대경하여 급히 뒤쫓아가며,

"여보시오 저 손님네, 말씀이나 하고 가오."

그놈이 손 내저으며,

"그런 소리 하지 마오. 나 돌아가오 나 돌아가, 위방(危邦)은
불입이라. 나 돌아가오."

여인이 자꾸 불러,

"송장 치라 아니하니, 말만 잠깐 듣고 가오."

꽃 같은 저 미인이 옥 같은 말소리로 따라오며 간청하니 오입
하던 사람이라 어찌할 수 있나. 돌아보며 대답하되,

"무슨 말씀 하시려오?"

여인이 하는 말이,

"노변에서는 좋지 않으니 우리 둘이 집에 가서 딴 방에서 잠
을 자고, 내가 이리 고적하니 말벗이나 하옵시다."

하며 은근히 청하니 저놈이 흐뭇하여,

"그럽시다."

하고 여인의 손목 잡고 정담하며 도로 올 제, 여인이 자세히 물
어,

"어디 사웁는 뉘신지요? 또 어디로 가시다가 내 집을 어떻게
알고 수고로이 오셨나요?"

하니 저놈이 대답하기를,

"예, 나는 서울 사는 뎁득이 김서방인데, 재상댁(宰相宅) 마종
(馬從)으로 경상도 황산역(黃山驛)에 좋은 말이 있다기에 그리
로 가옵다가 마누라 일색으로 가군이 험사(險死)하여, 치상하여

주는 사람과 작배(作配)하여 살잔 말이 삼남천지(三南天地) 들썩
하여 사람마다 전하기에 불원천리 찾아왔소."
하고 말하니 여인이 또 묻기를,

"서울에 살고 신체 건장한데 그만한 송장에 겁먹어 버리고
가시다니 내 얼굴인 누추하여 당신 눈에 아니 드오?"
하매, 김서방 이 말 듣고 여인의 등을 다둑다둑 두드리며,

"미인 보면 정 있다가 송장 보면 정 떨어지오."
하는지라, 말 솜씨 좋은 저 여인이 속을 연해 질러 보느라고,

"사제갈(死諸葛)이 주생중달(走生仲達), 옛 글로만 들었더니
저러한 호풍신(好風身)에 송장에게 쫓긴 단 말 어디 행세할 수
있소. 불쌍한 이내 신세 버리고 가시면은 고통 자진할 터이니
그 아니 불쌍하오. 날 살리시오, 한양 낭군 나를 살리쇼. 자네
만일 가려거든 나를 먼저 죽여 주소."
하며 허리를 질끈 안고 갖은 교태 어리광을 부려대니 서울 사나
이라 뒤가 탁 풀리는지라 허리에 두른 전대로 눈물 씻어 주며,

"우지 마쇼. 우지 마. 아니 감세. 아니 가. 죽으면 내가 죽지
자네 죽게 하겠는가."

집으로 들어오며 한 꾀를 생각 내어,

"자네 집에 떡메[1] 있나?"

"떡메는 무엇 하게?"

"영투지(寧鬪智) 불투력(不鬪力)을 내 미처 생각 못 하였네."

떡메를 내어주니 덥득이 둘러메고 집 뒤로 돌아가서 주해(朱
亥)의 진비(晋鄙) 치듯, 경포(黥布)의 함관(函關) 치듯, 뒷벽을

---

1) 흰 떡이나 인절미 같은 것을 만들 때 이것을 치는 메.

쾅쾅 치니 송장이 벽에 치어 덜퍽 엎어지는구나. 덥득이가 좋아
라고 땀 씻으며 장담하여,

　"제깐 놈이 어디라고."

하는구나. 여인이 더위한다고 부채질 해주며 송장 묶어 내려 할
제, 아무리 장사기로 송장 여덟 질 수 있나. 근처 마을 찾아가
서 삯군을 얻으렸더니, 마침 각설이패 셋이 달려드는데 온 머리
를 등치고, 가로 약간 남은 털을 감이상투 엇게 하여 이마에 붙
이고서 영남의 돌림이라 영남장만 돌아다니것다.

　"떠르르 돌아왔소, 각설이라 먹설이라 동설이를 짊어지고 뚤
뚤 몰아 장타령 안경, 주관, 경주장, 소복 입은 상주장, 이 술
잡수 진주장, 관미분의(官民分義) 성주장, 이라 채쳐 마산장, 펄
쩍 뛰어 노리골장, 명태 옆에 대구장, 순시 앞에 청도장."

　한 놈은 옆에 서서 입장구 낑낑 치고 한 놈은 옆에 서서 살만
남은 헌 부채로 뒤꼭지를 툭툭 치며 두 다리를 빗디디고 허리짓
고갯짓.

　"잘한다, 잘한다. 초당(草堂) 짓고 한 공부냐, 실수 없이 잘한
다. 동삼(童參)[1] 먹고 한 공부냐. 기운차게 잘한다. 목구멍에 불
을 켰나, 훤하게도 잘한다. 뱃가죽도 두껍다. 일망무제(一望無
際)[2] 나온다. 네가 저리 잘할 적에 네 선생은 할말 있나. 네 선
생이 나로구나. 잘한다 잘한다. 대목장에 목 쉴라. 잘한다 잘한
다. 너 못하면 내가 하마."

하고 구성지다. 여인이 이르기를,

　"목소리는 명창이나 우리 집에 송장이 많은데 지금 묶어 내

---

　1) 어린아이의 모양과 비슷하게 생긴 산삼.
　2) 아득하게 끝없이 멀어서 눈을 가리는 것이 없음.

려니 함께 묶어 지고 가면 삯을 후히 줄 터이니 어떠시오?"

각설이들 대답이,

"송장을 쳐 내면 같이 산다기에 짚신짝 떼 붙이고 애써애써 예 왔더니 남의 손에 떼었으니, 송장이나 지고 갈게 송장 하나 닷냥 삯에 술·밥·고기 잘 먹여 주오."

여인이 허락하니 네 놈이 송장 칠 세, 한 등짐에 두 구씩 공석 (空石)3)으로 곱게 싸서 세 죽마다 댓줄로 단단히 얽은 후에 짚으로 밖을 싸서 새끼로 여러 번 묶어 새벽 달 못 떨어져 네 놈이 짊어지고, 여인은 뒤를 따라 북망산(北邙山)4)을 찾아갈 제 어와성 소리 울려 행상이 처량하다.

"어이 가리. 너허 너허. 연반군(延燔軍)5)은 어디 가고 담뱃불만 밝았으며, 행자곡비(行者哭婢)6) 어디 가고 두견이는 슬피 우노. 어허 너허. 명정(銘旌)7) 공포(功布)8) 어디 가고 작대기만 짚었으며, 앙장(仰帳)9) 휘장(揮帳)10) 어디 가고 헌 공석을 덮었는고. 너허 너허. 장강(長江)틀은 어디 가고 지게 송장 되었으며 상제복은 어디 가고 한 미인만 따라오는고. 어허 너허. 북망산이 어떻기에 만고영웅(萬古英雄) 다 가시노. 진시황의 여산 무덤, 한무제의 무릉(茂陵)이며, 초패왕의 곡성 무덤, 위태조의 장

---

3) 벼를 담지 않은 빈 섬.

4) 사람이 죽어서 가는 곳을 일컬음.

5) 장사 지내러 갈 때 등을 들고 가는 사람.

6) 장례 때에 상제를 모시고 따라 가는 사내 하인과 상복하여 애곡하면서 행렬의 앞에 가는 계집종.

7) 다홍 바탕에 흰 글씨로 죽은 사람의 품계·관직·성명을 쓴 조기.

8) 관을 묻을 때 관을 닦는 삼베 헝겊 발인할 때에 명정과 함께 앞에 세우고 감.

9) 천장이나 상여 위에 치는 휘장.

10) 여러 폭의 피륙을 이어 둘러치는 장막.

수충이 다 모두 북망이니 생각하면 가소롭다. 어너 너허. 너 죽어도 이 길이요 나 죽어도 이 길이라. 북망산천(北邙山川) 돌아들 제 어욱새 더욱새 덥갈나무 가랑잎 잔 빗방울 큰 빗방울 소소리바람 뒤섞이어 으르렁시르렁 슬피 볼 제, 어느 벗님 찾아오리. 어허 너허. 주부도(酒不到) 유령(劉伶) 분상토(墳上土)요, 금인(今人)이 경종(耕種)¹⁾ 신릉(信陵) 분상전(墳上田)에 번화부귀(繁華富貴) 죽어지면 어디 있나. 허허 너허. 지고 가는 여덟 분이 다 모두 호걸이라. 기주탐색(嗜酒眈色) 풍류가금(風流歌琴) 청루화방(青樓花房) 어찌 잊고 황천북망(黃泉北邙) 돌아가노. 어허 너허."

어루며 한참을 지고 가니 무겁기도 하거니와 길 가에 있는 언덕 쉴 자리 매우 좋아 네 놈이 함께 쉬고자 짐머리 서로 대어 일자로 부리고 어깨를 빼려 하니 그만 땅하고 송장하고 짐꾼하고 삼물조합(三物調合) 꽉 되어서 다시 변통 없구나. 네 놈이 할 수 없어 서로 보며 통곡한다.

"애고애고 어찌 할꼬. 천지개벽(天地開闢)한 연후에 이런 변괴 또 있을까. 한번을 앉은 후에 다시 일어설 수 없으니 그림의 사람인가, 법당의 부처인가. 애고애고 설운지고. 청하는 데 별로 없이 갈 데 많은 사람이라, 뎁득이 자네 신세 고향엔 언제 가고, 각설이 우리 사정 대목장을 어찌 할꼬. 애고애고 설운지고. 여보시오 저 여인네, 이게 다 뉘 탓이요. 죄는 내가 이었으니 벼락은 네 맞아라 하고 굿만 보고 앉았으니 그런 인심 있겠는가. 주인 송장 손님 송장 여인 말은 들을 테니 빌기나 하여

---

1) 논밭을 갈고 씨를 뿌려 가꿈.

보소."

하니 여인이 비는구나.

"여보쇼 변서방아, 이것이 웬일인가. 험악하게 죽은 송장 방
안에서 썩을 것을 이 네 사람 공덕으로 염습(殮襲) 담부(擔負)
나왔으니, 가만히 누웠으면 명당을 깊이 파고 신체를 묻을 터인
데, 아이 밸 때 덧궂으면 날 때도 덧궂다고 갈수록 이 변괴인
가. 사람 어디 살겠는가. 집에서 하던 변은 우리끼리 보았더니
이러한 대로변에 이 창피를 어찌 할꼬. 날이 점점 밝아오니 어
서 급히 떨어지쇼. 안장(安葬)을 한 연후에 수절시묘(守節侍墓)
하여 줌세."

하니, 뎁득이가 중맹(重盟)을 거듭하여,

"여인의 치맛자락이라도 만졌으면 변강쇠 아들이오. 상인(喪
人)이 없었으니 발상(發喪)이라도 하오리다."

하고 애걸하는데 여인이 연해 빌기를,

"대사(大師) · 촐보 · 풍간님네 다 각기 맛에 겨워 이 지경이
되었으니, 수원수구(誰怨誰咎)[2]하자 하고 이 우세를 시키는가.
청산에 안장하려면 하관시(下棺時)가 늦어지니 어서 급히 떨어
지쇼."

하며, 아무리 애걸복걸하여도 꼼짝도 않는구나. 날이 훤히 밝아
지니 뎁득이 하는 말이,

"배고파 살 수 없네. 여인은 바가지 들고 동네로 다니면서 밥
을 많이 얻어다가 우리들을 먹게 하되, 짚도 두어 못 얻어 오
쇼."

---

2) 남을 원망하거나 책망할 것이 없음.

하니 여인이,

"짚은 뭐 하게."

"몇 해가 지나든지 목숨 끊기 전까지는 이 자리에 있을 테니, 비 오면 상투 덮게 꾸저리나 틀어 두게."

여인을 보낸 후에 각기 설움 의논할 제, 이것들 앉은 데가 원두밭 머리로서 참외 한창 산영하니 막은 아직 아니 짓고, 밭 임자 움생원이 집에서 잠을 자고 밭 보러 일찍 올 제, 먼지 낀 묵은 갓을 돗단 듯이 높이 쓰고, 진동 좁고 된 깃 달아 소매 좁은 소창의와 굽다 달은 나막신에 사람보고 된 목소리로 악 써 묻는데,

"네 저것들 웬 놈들이가?"

뎁득이가 대답하되,

"담배 장수요."

"그 담배 맛 좋으냐?"

"십상 좋은 상관초요."

"한 대 떼어 맛 좀 볼까."

"와서 떼어 잡수시오."

하니, 마음씨 곧은 움생원이 담배 욕심 잔뜩 나서 달려들어 손 쑥 넣으니 독한 내가 코 쑤시고 손이 딱 붙는구나.

움생원이 호령하여,

"이놈 이게 웬일인고."

뎁득이 경(京)판으로 물어,

"왜, 어찌 되시었소?"

"괘씸한 놈 버릇이라. 점잖은 양반 손을 어찌 쥐고 아니 놓소?"

뎁득이와 각설이가 손뼉 치며 크게 웃으며,

"누가 손을 붙들었소?"

"이것이 무엇이냐?"

"바로 말하자면 송장 짐이오."

"너 이놈, 송장 짐을 외밭 머리에 놓았단 말이냐?"

"새벽 길 가는 사람이 외밭인지 콩밭인지 아는 제어미랄 놈 있소?"

움생원이 달래어,

"그렇든지 저렇든지 손이나 떼어 다오."

하니 네 놈이서 각 문자(各文字)로 대답하여,

"아궁불열(我躬不閱)[1]이요."

"오비(吾鼻)[2]도 삼척(三尺)이요."

"동병 상련이요."

"아가사창(我歌査唱)[3]이요."

하고 주위대니, 움생원이 문자 속은 있는지라,

"너희도 붙었느냐?"

"아니 말이요."

"할 장사가 푹 쌓였는데 송장 장사 어이 하며, 송장이 어디 있어 저리 많이 받아 지고 어느 장엘 가려 하며, 송장 중에 붙는 송장 생전 처음 보았으니, 내력이나 조금 알게 자세하게 말하여라."

뎁득이 하는 말이,

---

1) 내 한 몸도 옹납하지 못할 처지에 다른 생각을 할 여지가 없음.

2) 자기의 곤궁이 심해서 남의 사정을 돌아볼 여지가 없음을 일컫는 말.

3) 내가 부를 노래를 사돈이 부른다는 뜻으로, 책망을 들을 사람이 도리어 책망한다는 말.

"지리산중 예쁜 여인의 낭군이 변사하여 치상(治喪)을 하여 주면 함께 살자 한다기에 그 집을 찾아간즉, 송장이 여덟이라 간신히 치상하여 각설이 세 사람과 둘씩 지고 예 왔더니, 나도 붙고 저들도 붙어 오도 가도 못 하나니 그 내력을 알 수 있소."

움생원이 생각해 내기를,

"그리하면 좋은 수 있다. 오가는 사람들을 보는 대로 꾀어 내어 무수히 붙여 두면 소일(消日)도 될 것이요, 뗄 방법도 생길 것이니 그 밖에 수가 없다."

"기소불욕(己所不欲)을 물시어인(勿施於人)이라니 일은 아니 되었으되, 궁무소불위(窮無所不爲)[1]라니 재조대로 하여 보오."

이때에 하동(河東) 목골, 창평 고살메, 함열 성불암, 담양·옥천·함평 월앙산(月仰山) 가리내패가 창원·마산포·밀양·삼랑 그 근방을 가느라고 그 앞으로 지나다가 움생원의 모자를 보고, 걸사(乞士)[2]들이 절을 하여,

"소사(小士) 문안이요, 소사 문안이요."

하고 그 뒤에 아기네들이 낭자도 곱게 하고, 고방머리 멋지게 하고, 다리 아파 질쭉질쭉 지팡막대 짚었으며 하하 대소 웃으면서 낭랑옥어(琅琅玉語) 말도 하고 무수히 오는구나. 움생원이 불러,

"이애 사당(寺黨)[3]들아, 너의 장기대로 한 마디씩 잘만 하면 맛 좋은 상관 담배 두 구부씩 줄 것이니 이리로 쉬어 감히 어쩌하

---

1) 구하면 무엇이든지 한다는 뜻으로, 사람이 살기 어려우면 예의 염치를 가리지 않음을 일컫는 말.
2) 중을 일컫는 말. 위로는 제불(諸佛)에게 법을 구걸하고, 아래로는 시주에게 밥을 구걸한다고 하는 데서 나옴.
3) 패를 지어 다니면서 노래와 춤을 파는 창녀.

뇨?"

하매, 이것들이 담배라면 밥보다 더 좋은지라,

　"그리 하옵시다."

하며 판노름 차린 듯이 가는 길 건너편에 일자로 늘어 앉아 걸사들은 소고 치며, 사당은 제차대로 연계사당 먼저 나서 발림을 곱게 하고,

　"산천초목이 다 성림(盛林)한데 구경가기 즐겁도다. 이어어. 장송은 낙락(落落), 기러기 펄펄, 낙락장송이 다 떨어졌다. 이야어. 성황당 궁벽궁 새야 이리 가며 궁벽궁 저 산으로 가며 궁벽궁 아무래도 네로구나."

하니 움생원이 추켜,

　"잘한다, 내 옆에 와 앉거라. 네 이름 무엇이냐?"

　"초월(初月)이오."

대답하니 또 하나 나서며,

　"녹양방초(綠楊芳草) 저문 날에 해는 어이 더디 가고, 오동야우(梧桐夜雨) 성긴 비에 밤은 어이 길었는고. 얼싸절싸 말 들어 보아라, 해당화 그늘 속에 비 맞은 제비같이 이리 흐늘 저리 흐늘 흐늘흐늘 넘는다. 이리 보아도 일색이요, 저리 보아도 일색이요, 아무래도 네로구나."

　"잘한다, 네 이름은 무엇이냐?"

　"구강선(具江仙)이오."

한 년이 또 나서며,

　"오돌또기 춘향 춘향 유월의 달은 밝으며 명랑한데 여기다 저기다 연저바라고 말이 못 된 경(景)이로다. 만첩 청산을 쑥쑥 들어가서 늘어진 버드나무 들입다 덥뻑 휘어 잡고 손으로 주르

르 어다가 물에다 둥둥 띄워 두고 두두당실 두두당실 여기다 저기다 연 저바리고 말이 못 된 경이로다."

"어 잘한다, 네 이름은 무엇이냐?"

"일점홍(一點紅)이요."

또 한 년이 나서며,

"갈까 보다 갈까 보다 임을 따라 갈까 보다. 잦힌 밥을 못 다 먹고 임을 따라 갈까 보다. 경방산성(傾方山城) 빗두리 길로 알 배기 처자 엉금살살 끼끼 돌아간다."

"잘한다, 네 이름은 무엇이냐?"

"설중매(雪中梅)요."

또 한 년이 나서며 방아타령을 하는데,

"사신 행차 바쁜 길에 마중참(站)이 중화(中和), 산도 첩첩 물 도 중중(重重) 기자왕성(箕子王城)이 평양, 모닥불에 묻은 콩이 튀어나니 태천(太川), 청천에 뜬 까마귀 울고 가니 곽산(郭山), 찼던 칼을 빼어 내니 할일없는 용천(龍川), 청총마(靑驄馬)를 둘 러 타고 돌아보니 의주."

"잘한다, 네 이름은 무엇이냐?"

"월하선(月下仙)이오."

한 년은 잦은 방아타령을 하여,

"누각골 처녀는 쌈지 장사 처녀, 어라 두야 방아로다. 왕십리 처자는 미나리 장사 처자, 순담양 처자는 바구니 장사 처자, 영 암 처자는 참빗 장사 처자."

"네 이름은 무엇이냐?"

"금옥이요."

한참 이리 농탕칠 제, 이때에 시임 향소(鄕所) 옹좌수(雍座首)

가 수유(受由)하고 집에 갔다 돌아오는 길이었다. 도포 입고 안 장말에 향청하인(鄕廳下人) 후배(後陪)하여 달래달래 돌아가니 움색원이 불러,

"여보쇼, 옹좌수. 자네가 아관(亞官)으로 기구가 좋다 하여 출패(出牌)[1]나 무서워하제, 나 같은 빈천지교(貧賤之交) 시약불견(視若不見)[2] 지나가니 부귀자교인(富貴者驕人)이란 말 자네 두고 한 말일세."

하니, 좌수가 할 수 없이 말에서 내려 걸어오니 움생원이 제 옆에 앉혔구나. 좌수가 묻기를,

"노형의 평생 행세 내가 대강 짐작하니, 이러한 큰 길가에 협창행락(挾娼行樂)[3] 의외로세."

움생원이 연해 웃으며,

"꿈 같은 우리 인생 60이 가까우니 남은 날이 며칠인가. 파탈(擺脫)[4]하고 놀아 주세. 애, 옥천집, 좌수님 들으시게 시조나 하나 하여라."

그렁저렁 장난 후에 좌수가 하직하여,

"향촌에 일이 많아 총총히 돌아가니 노형은 사당하고 행락을 하게 하소."

움생원이 웃으며,

"자네 소견대로."

하는지라, 좌수가 벌떡 일어나니 엉덩이가 안 떨어져,

---

1) 지방의 불량배가 못된 일을 계획할 때에 외방에 나가서 계책을 꾸미는 사람.
2) 보고도 보지 못한 체함.
3) 창녀를 끼고 즐겁게 놂.
4) 구속이나 예절 등으로부터 벗어남.

"애게, 이게 웬일인고?"

하며 놀라니, 움생원이 좋아라고 한참 웃어대는구나.

"허허, 내 말 들어 보소. 노형은 내게 비하면 식자(識字)도 더 들었고, 경락(京洛)도 출입하고, 읍내에 오래 있어 관장(官長)도 모셔 보고, 지사(知事)하는 아전 친구 응당히 많을 테니, 송장이 붙는 말을 자네 혹 들었는가?"

하니, 좌수가 귀가 밝아 깜짝 놀라며 급히 묻는 말이,

"이것이 송장인가?"

남은 급히 서두르는데 움생원은 훨씬 느려,

"그것은 뭣이든간에 차차 알겠거니와 송장이 붙는단 말 사기 (史記)에나 경서(經書)에나 혹 어디서 보았는가?"

하는 말에 옆에 앉은 사당들이 깜짝 놀라 일어서니 모두 다 붙었구나. 요망한 이것들이 각색으로 재변 떨 제, 애고애고 우는 년, 먼산 보고 기막혀 하는 년, 움생원 바라보며 더럭더럭 욕하는 년, 제 화에 제 머리를 으득으득 뜯는 년, 살풍경 일어나니 좌수는 어이 없이 아무 말도 못 하고, 굿 보는 사람인 양 우두커니 앉았다가,

"여보소, 저 짐이 다 송장인가?"

움생원이 변구(辯口)하여,

"하나씩이면 좋게."

"둘씩이란 말인가?"

"방사(倣似)한 말이로세."

"어느 고을 올 시절이 송장 풍년 그리 들어 몰똑하게 지고 왔소?"

뎁득이 하던 말을 움생원이 송전하니, 좌수와 사당 들이 서로

보고 걱정한다.

오는 사람 가는 사람 굿 보러 아니 가고, 먼데 마을 근처 마을 구경하러 모여드니, 그리저리 모인 사람 전주장(全州場)이 푼푼하다. 구경꾼 모인 데는 호도(胡桃)엿 장수가 먼저 아는 법이라. 갈삿갓 쓰고 엿판 메고 가위 치며 외고 온다.

"호도엿 사오, 호도엿 하오. 계피(桂皮) 건강(乾薑)에 호도엿 사오. 가락이 굵고 제 몸이 유(柔)하고 양념 맛으로 댓 푼. 콩엿을 사려우, 깨엿을 사려우, 늙은이 해수에 수수엿 사오."

여러 사람이 호도엿 사 먹으며 하는 말이,

"이것이 원혼(冤魂)이라, 삼현(三絃)[1]을 걸게 치고 넋두리를 하였으면 귀신이 감동하여 응당 떨어질 듯하다."

목 좋은 계대(繼隊)[2] 네를 급급히 불러다가 좌수가 자당(自當)하여 굿 상을 차려 놓고 멋있는 고인(鼓人)들이 굿거리를 걸게 치고, 목 좋은 계대네가 넋두리 춤을 추며,

"어라 만수, 저라 만수. 넉이야 넋이로다. 백양청산(白楊靑山) 넋이로다. 옛 사람 누구 누구 만고원혼(萬古冤魂) 되었는고. 공산야월(空山夜月) 붙여귀는 촉(蜀) 망제(望帝)의 넋이런가. 무관춘풍(武關春風) 우는 새는 초 회왕(懷王)의 넋이로다. 어라 만수. 청청향초라군색(靑靑向楚羅裙色)은 우미인(虞美人)의 넋일런가. 환패공귀월야혼(環珮空歸月夜魂)은 왕소군(王昭君)의 넋이로다. 어라 만수 저라 대신. 넋일랑은 넋반에 담고, 신체일랑 화단(花壇)에 모셔 발전, 넋전, 인물전과 온 필(匹) 무명, 오색 번에 넋을 불러 청좌하자. 어라 만수 저라 대신. 열 대왕(大王)님

---

1) 거문고 · 가야금 · 당비파의 세 가지 현악기.
2) 큰 굿을 할 때에 풍악을 하는 공인(工人)들.

부리는 사자(使者) 일직사자(日直使者), 월직사자(月直使者), 금
강야차(金剛夜叉)[1] 강림도령(降臨道令), 이상 망(亡)제 잡아갈
제 누가 감히 거역할까. 어라 만수 저라 대신. 만승천자(萬乘天
子) 삼공(三公) 육경(六卿) 기구로도 할 수 없고, 천석 노적(露
積) 만금부자(萬金富者) 값을 주고 면하겠는가. 멀리 먼 황천길
을 가자 하면 따라가네. 어라 만수 저라 대신. 지장보살(地藏菩
薩)[2] 장한 공덕, 보도중생(普度衆生) 하려 하고 지옥문 닫아 놓
고, 석양 길을 가르칠 제, 불쌍한 여덟 목숨 비명에 죽었으니
어느 대왕께 매였으며, 어느 사자 따라갈까. 어라 만수 저자 대
신. 지하에 맨 데 없고, 인간에 주인 없어 원통히 죽은 혼이 신
체 지켜 있는 것을 무지한 인생들이 경대(敬待)할 줄 모르고서
손으로 만져 보고 걸터앉기 괘씸쿠나. 어라 만수 저라 대신. 옹
좌수 자넬랑은 일색의 아관이요. 움생원 자넬랑은 양반의 도리
로써 경이원지(敬而遠之)[3] 귀신대접(鬼神待接) 어이 그리 모르던
가. 어라 만수 저라 대신. 사당·걸사·명창·가색·오입장이
여덟 혼령, 무지한 저 인생들 허물도 과도 말고, 갖은 배반(杯
盤) 진사면(陳謝免)에 계대(繼隊)춤에 놀고 가세. 어라 만수 저
라 대신."
하고 굿하니, 우두커니 짐꾼 넷만 남겨 놓고 위에 붙은 사람들
은 모두 다 떨어져서, 계대에게 치하하고 뎁득이 각설이에게 각
각 하직하는구나.

---

1) 오대명왕의 하나. 북방을 수호하고 악마를 항복시킴.
2) 존경하기는 하되 가까이 하지 않음.
3) 석가불의 부탁을 받고, 그 입멸 후 미륵불의 출세까지 부처가 없는 세계에 머물러 있으
면서 육도(六道)의 중생을 화도(化導)한다는 보살.

이것들이 식구가 많이 있을 때는 소일하기 좋았더니 비 오는 날 파장같이 경각간에 흩어지니 심심하여 살 수 있나. 뎁득이가 그래도 서울 손이라 애긍히 사정으로 송장에게 비는 말이,

"의지하여 듣겠거든, 천고에 의기남자(義氣男子) 원통히 죽은 혼이 지기지우 못 만나면 위로할 이 뉘 있으리. 역수상(易水上) 찬바람에 연태자(燕太子)를 하직하고 함양에서 죽었으니 협객, 형경(荊卿) 불쌍하고, 계명산 밝은 달에 우미인을 이별하고, 오강(烏江)⁴⁾에 자문(自刎)⁵⁾하니 패왕(覇王) 항적(項籍) 가련하다. 이 세상에 변서방은 협기 있는 사람으로써 술 먹는데 접장(接長)이요, 화방에 패두(牌頭)시니 간 데마다 이름 있고 사람마다 무서워한다. 꽃 같은 저 미인과 백년을 살쟀더니 이슬 같은 이 목숨이 일조(一朝)에 돌아가니 원통하고 분한 마음 눈을 감을 수가 없어, 뻣뻣 선 장승 송장. 주둥지 자네 신세 부처님의 제자로서 선공부(禪工夫) 경문(經文) 외어 계행(戒行)을 닦았더면 흰 구름 푸른 묘에 간 데마다 도방(都房)이요, 비단 가사(袈裟) 연화탑(蓮花塔)에 열반하면 부처 될 걸 잠시 음욕 못 금하여 비명횡사(非命橫死) 거적 송장. 출 첨지 자네 정경(情景) 동냥 고사 천업이라, 낮에는 탈을 쓰고, 목에는 장구 메고, 돈푼 쌀줌 얻자 하고 이 집 저 집 다닐 적에 따르는 것이 아이들과 짖는 것이 개소리라. 한 분복(分福) 이러한데 당치 않은 미인 생각 제 명대로 못 다 살고 나의 집에 붙은 송장. 풍객(風客) 한량 다섯 분은 오입 맛이 한 통속, 왕별목장 춘향가 가객이 앞을 서고,

---

4) 중국 안휘성에 있는 도시. 화현의 북동에 위치하며 양자강 연안에 있음. 항우가 유방에게 패전해서 자결한 곳임.

5) 자기가 자기의 목을 찌름.

가얏고 심방곡(心方曲) 퉁소 소리 봉(鳳)장취 연풍대(燕風臺) 칼춤이며, 서서 치는 북 장단에 주막거리 장판이며, 큰 동네 파시평(波市坪)에 동무 지어 다니면서 풍류로 먹고 사니 눈치도 환할 테요, 경계(經界)도 알 터인데 송장을 쳐 낸대도 계집은 하나뿐, 누구 혼자 좋은 꼴 뵈랴 한꺼번에 달려들어 한 날 한 시 뭇태 송장 여덟 송장 각기 설움 다 원통한 송장이라. 살았을 제 집이 없고, 죽은 후에 자식 없어 놓은 뫼 깊은 구렁 이리저리 구는 뼈를 묻어 줄 이 뉘 있으며, 슬픈 바람지는 달에 애고애고 우는 혼을 조상할 이 뉘 있으리. 생각하면 허사로다. 심사(心思) 부려 쓸데 있나. 이생 원통 다 버리고 지부명왕(地府明王) 찾아가서 절절이 원정(原情)하여 후생의 복을 타서, 부귀가에 다시 생겨 평생행락(平生行樂)하게 하면 당신네 신체들은 청산에 터를 잡아 각각 후장(厚葬)한 연후에 연년기일(年年忌日) 돌아오면 내가 봉사랄 것이니 제발 덕분 떨어지오."

하며 애긍히 빈 후에 놈이 불끈 일어서니 모두 다 떨어졌다.

　북망산(北邙山) 급히 가서 송장 짐을 부리우니 석짐은 다 부리고 뎁득이 진 송장은 강쇠와 초나라 등에 붙어 뗄 수 없다.

　각설이 세 놈은 여섯 송장 묻어 주고 하직하고 간 연후에 뎁득이 화가 나서 사방을 바라보니 꼿꼿한 큰 소나무 나란히 두 주 서서 한가운데 빈틈이 사람 하나 가겠는지라, 두 주먹을 발끈 쥐고 우르르 달음박질 솔틈으로 쑥 나가니 짊어진 송장 짐이 우두둑 삼동 나서 위아래 두 도막은 땅에 절퍽 떨어지고 가운데 산도막은 북통같이 등에 붙어 암만해도 뗄 수 없다. 요간폭포괘장천(遙看瀑布掛長天) 좋은 절벽 찾아가서 등을 갈기로 작정하는데, 갈이질 사설이 들을 만하구나.

"어기여라 갈이질. 광산(匡山)에 쇠 방앗고 문장공부(文章工夫) 갈이질. 10년을 마일검(磨一劍) 협객의 갈이질. 어기여라 갈이질. 춘풍에 저 나비가 향내만 찾아가다 거미줄을 몰랐으며, 산양(山陽)에 저 장끼가 소리만 찾아가라 포수 우레 몰랐구나. 어기어라 갈이질. 먼저 죽은 여덟 송장 전감(前鑑)[1]이 밝았는데, 철 모르는 이 인생이 복철(覆轍)을 밟았구나. 어기여라 갈이질. 네 번째 죽은 목숨 간신히 살았으니 좋을씨고 공세상(空世上)에 오입 참고 사람 되세. 어기여라 갈이질."

훨씬 갈아 버린 후에 여인에게 하직할 제,

"풍류남자 가리어서 백년해로 하게 하오. 나는 고향 돌아가서 동아부자(同我婦子) 지낼 테요."

떨뜨리고 돌아가니 개과천선 이 아닌가. 월나라 망한 후에 서시(西施)가 소식 없고, 동탁(董卓)이 죽은 후에 초선(貂蟬)이 간데없다. 이 세상 오입객이 미혼진(迷魂津) 모르고서 야용회음(冶容誨淫)[2] 분대굴(紛黛窟)에 기인도차오평생(幾人到此誤平生)고. 이 사설 들었으면 징계가 될 듯하니 좌상에 모인 손님 노인은 백년향수(百年享壽), 소년은 청춘불로(靑春不老), 수부귀다남자(壽富貴多男子)에 성세태평(盛歲太平)하옵소서. 덩지 덩지.

---

1) 앞의 일을 거울 삼아 비쳐 보는 일.
2) 예쁘게 단장하고 음탕한 짓을 가리킴.

작품 해설

지은이와 집필 연대가 미상인 판소리 열두 마당 중 하나이다. 이 작품을 일명 〈가루지기타령〉, 〈변강쇠타령〉, 〈횡부가(橫負歌)〉 등으로 부르기도 하며, 현존하는 작품은 조선 후기에 신재효가 개작한 것뿐이다.

이 작품의 개작자인 신재효는 조선 순조 12(1812)년에 태어나 고종 12(1884)년, 73세로 죽은 판소리의 개작자였다. 그는 40세에 벼슬에서 물러난 뒤 판소리를 가창(歌唱)할 수 있는 광대를 양성, 교육하는 데 전념했고, 판소리의 예술적인 이론을 정립하면서 판소리의 대사인 열두 마당 중에서 가장 많이 가창되는 〈춘향가〉를 비롯한 〈심청가〉, 〈흥부가〉, 〈적벽가〉, 〈수관가〉, 〈가루지기타령〉 등 다섯마당지기를 판소리의 이론에 맞게 개작했다.

그러면 이 작품의 내용을 살펴보자.

평안도 월경촌에 서시같이 아름다운 옹녀라는 계집이 있었다. 그러나 옹녀는 사주에 청상살이 겹겹이 쌓여 상부(喪夫)를 해도 지긋지긋하게 자주 했다.

그래서 서방이 퇴가 나고 송장치기에 신물이 난 황해도·평안도의 사람이 상의해서 그녀를 내쫓기로 했다. 이에 천하의 음녀인 옹녀가 삼남으로 내려오다가 개성 서북에 있는 청석관에서 남도에 사는 천하 색골인 변강쇠를 만나 벼락 결혼을 했다.

변강쇠와 옹녀는 살 곳을 찾아 지리산으로 들어가 사는데 게으르기 짝이 없는 변강쇠가 나무 대신 장승을 패어다 때고는 장승 동증(動症)이 걸려 앓다가 장승과 같은 모양으로 죽었다. 옹녀가 남편의 초상을 쳐 주는 사람과 살겠다는 말을 듣고 호색에 눈이 어두운 초라나니·풍각쟁이 들이 덤벼들었다가 송장에 붙어 횡사하고, 각서리패 마종들이 덤벼들어 송장 여덟을 가로 지고 북망산으로 찾아가다가 죽을 고생을 했다.

그중 덥뜩이는 변강쇠와 초라니의 송장이 등에 붙어 뗄 수 없
자 소나무 사이로 빠지면서 한 송장을 떼어 버리고, 또 한 송장
은 절벽에 가서 등을 갈기로 해서 떼어 버리고는 부리나케 고향
으로 돌아가고 말았다.

이 작품의 주제는 징음 문학(懲淫文學)의 성격을 띠고 있다.
'열녀불경이부(烈女不更二夫)'라는 윤리를 헌신짝처럼 여기는
천하의 음녀인 옹녀와 옹녀에 짝해서 조금도 기울지 않는 천하
의 색골인 변강쇠의 어지럽기 짝이 없는 음란한 행위와 두 남녀
를 싸고도는 파계승·초라니·풍각쟁이·마종·덥뜩이 들의
호색에 대한 추구를 해학적으로 표현했으며, 이를 통해 주제를
잘 부각시켰다.

오유란전

　세조대왕 때에 한양에 두 사람의 재상이 있었다. 한 사람의
재상은 김씨와, 또 한 사람의 재상은 이씨였다. 두 사람 다같
이 높은 벼슬의 두 집안의 문벌(門閥)이나 덕망(德望)이 같아
서 세교(世交)가 두터웠다. 하루는 김 재상이 이 재상에게 말
하기를,

　"우리 두 집안은 자식들의 생년일시(生年日時)가 똑같기 부계
(符契)와 같으니, 이것은 우연한 일이 아니올시다. 마땅히 같이
공부하게 해서 그 성취를 본다면 어찌 우리들의 만년의 낙이 아
니겠소이까?"

　"네, 그것은 정말 나의 뜻입니다."

　그리고는 한 간 정사(精舍)를 소제하여 한 스승 밑에 배우며
같이 먹게 하니, 이생(二生)도 서로 의좋게 지냈다. 그들은 생각
하였다.

　'남아의 공명은 조만간 반드시 이루어지리라. 주소(周召)의

공[1]을 고주(古周)에다 기해야 하겠고, 관포(官鮑)의 풍(風)[2]을 금세(今世)에다 다시 불게 하리라. 뜰 가운데의 꽃과 시냇가의 소나무같이 설사 빠르고 늦는 사이가 있더라도 피차 서로 돌봐 주고 사랑하며 잊지 아니하리라.'

마음먹고는 이생은 금석(金石) 같은 우정을 맺고 정답게 지냈다. 날이 가고 달이 바뀌니 학문은 해와 더불어 깊어졌으며 과거를 볼 수 있는 실력을 충분히 길렀다.

갑자(甲子)의 해를 당하여 나라에 큰 경사가 있었다. 옥책(玉冊)[3]이 이미 번득이고 금방(金榜)[4]이 열리려고 할 때 그들은 손을 서로 붙들고 과거장으로 들어가서 실력을 기울여 과제(科題)를 지어 올렸다. 이윽고 급제한 사람의 이름을 부르는데 한 사람은 장원급제요 한 사람은 진사급제를 하였으니, 진사급제한 사람은 이생(李生)이요, 장원급제한 사람은 김생(金生)이었다.

김생은 젊은 수재로서 벼슬길을 밟아 자질에 따라 진급하여 평안 감사를 제수받은 날에 즉시 이생을 맞이하여 같이 가자는 뜻을 말하였더니 이생은 말하였다.

"그대는 곧 나라를 위하고 백성을 근심하는 승선자사(承宣刺史)요, 나는 오직 성인(聖人)을 배우고 현인(賢人)을 사모하는 선비가 아닌가. 맡은 업(業)이 전혀 다르고 조심함이 같지 아니하니, 이것으로 불가할 뿐만 아니라 또 평양은 옛날부터 번화하고도 호탕한 땅이므로 나의 돌아볼 곳이 아닐세."

---

1) 중국 주나라 때의 주공단과 소공단이 함께 성왕을 보필해서 큰 공을 세웠음.
2) 중국 춘추 시대에 제나라의 관중과 포숙아가 이룩한 지극한 우정을 일컬음.
3) 조선 시대 때 임금이나 왕비에게 존호를 올릴 때 송덕문을 새긴 간책을 말함.
4) 과거에 급제한 사람의 이름을 써 길거리에 붙이는 글.

"번화한 것은 번화한 것이고 공부는 공부이니 형의 말은 매우 고루하네. 무슨 방해됨이 있겠나. 처음에 한 말을 왜 기억하지 아니하는가?"

그리고는 소매를 끌어 수레를 같이 타고 바로 임지로 나아갔다. 김생이 부임 인사를 하고는 이튿날 아침에 특명으로 분부를 내려 깊숙하고 조용한 곳에 있는 별당을 깨끗하게 소제하고 경서(經書)를 갖추어 놓게 하고서는 이생을 조용히 거처할 수 있도록 해주었다. 이생도 번화한 일에는 뜻이 없어 생각은 문자에만 둘 뿐이었다.

하루는 감사가 이생을 위하여 주연을 베풀고, 방자를 보내어 이생을 초대하였다.

"오늘은 바로 형이 급제하고 처음 맞는 날이니 시인으로서의 시상(詩想)을 어찌 능히 폐할 수 있겠나? 날씨가 따뜻하고 바람도 화창하여 친구에 대한 생각이 간절하니 형은 금옥 같은 귀한 몸을 아끼지 말고 한번 찾아와서 성긴 우정을 펴 봄이 어떠한가."

이생은 마음속으로는 비록 뜻에 맞지 않았으나 거절할 만한 이유가 없어서 책을 덮고 읽기를 그만두고 바로 통인을 따라 선화당(宣化堂)으로 오니, 차려 놓은 음식은 처음 보는 이생의 귀와 눈을 놀라게 하였다. 여러 고을의 원님들이 좌우로 늘어앉았고, 수많은 기녀들이 앞뒤에 모시고 앉아서, 금슬관현(琴瑟管絃) 등의 오음(五音)을 방 안에서 연주하고 있으며 뜰에서는 금석포토(金石匏土) 등의 팔음(八音)을 번갈아 연주하고 있었다. 술잔과 쟁반은 헝클어졌고, 안주 그릇은 얽혀 있었다.

이생을 맞이하여 좌석에 정하고 인사를 겨우 마치고 나니 좌우에 앉아 있던 기생들이 다투어 이생에게 술잔을 권하며 노래를 부르기 시작하였다. 이에 이생은 불끈 화를 내며 소매를 뿌리치고 갑자기 일어나,

"오늘의 이 잔치는 실로 인간의 도리를 위한 것이 아니오."

하며 물러가겠다고 하였다.

감사가 소매를 붙잡고 웃으며,

"형은 일찍부터 독서하는 사람이 아닌가. 정백자(程伯子)[1]를 본받고자 아니하고 또 내 진심으로 거리낌없이 일러 주는 말을 들으려고는 하지 않으니 무엇 때문에 이렇듯이 상을 찡그리고 지나친 행동을 하는가?"

하며 누누이 타일렀으나 끝내 만류시키지 못하였다.

이날 잔치하는 자리에서 이생의 행동을 보고 그 지나친 고집에 대하여 눈쌀 찌푸리고 비웃지 않은 사람이 없었다. 잔치가 파하자 감사는 수노(首奴)에게 분부하였다.

"기녀 가운데서 지혜롭고 쓸만한 자가 누구냐?"

"오유란(烏有蘭)이올시다. 나이 19세로서 가르쳐 주지 아니하여도 잘 할 것입니다."

감사는 즉시 오유란을 불러 분부하였다.

"너는 별당의 이랑(李郞)을 알고 있느냐?"

"네, 알고 있습니다."

"그러면 네가 한번 이랑을 모실 수 있겠느냐?"

"하루 저녁으로는 할 수 없거니와 한 달 동안의 말미만 주신다면 반드시 할 수 있겠습니다."

---

1) 중국 송나라 때의 철학자인 정이.

"한 달 동안의 말미를 주고서 혹 성공하지 못할 때에는 죽여도 좋겠지?"

"네, 그렇습니다."

오유란이 분부를 듣고 물러나와서 붉고 푸른 옷을 벗어 흰옷으로 갈아입고는, 한 동녀(童女)로 하여금 두어 필의 베를 가져오라 해서 작은 동이에 담고 짤막한 방망이를 가지고 앞뒷길을 인도하게 하여 별당 앞에 있는 작은 연못가로 가서 얼굴을 가다듬고 맵시 있게 앉아 빨래를 하기 시작하였다.

때는 병인년(丙寅年) 춘삼월 보름께였다. 이생은 별당에서 달을 바라보며 홀로 앉아 있었다. 꽃시절을 당하여 춘정(春情)이 없을 수 없어 시를 읊으며 섬돌 위를 거닐고 있는데, 갑자기 바람편에 빨래하는 소리가 높았다 낮았다 하며 우명지(牛鳴池)로부터 들려 왔다. 전에 들어 보지 못한 소리인지라, 의아하여 고개를 들고 사방을 바라보니, 풍경이 바야흐로 새롭고 물색(物色)은 사랑스러워졌다. 은행나무의 밑 석가산(石假山) 가에 두어 자나 되는 은비늘이 마름 위에서 뛰놀고 있었고 둥근 금빛이 물결 위에서 둥실거리고 있는 그 가운데 어떤 한 미인이 앉아 있는데, 얼핏 보매, 흡사 서왕모(西王母)[2]가 요지(瑤池)에서 내려온 것 같기도 하고, 양태진(楊太眞)[3]이 태액지(太液池)에 임한 것 같기도 하였다. 꽃은 얼굴이 되고 옥은 모습이 되어 한 송이 금련(金蓮)이 이슬을 머금고 바야흐로 터지려고 하는 것과 같았다. 눈썹은 꼬부라졌고 뺨은 통통하여 외롭게 둥근 흰 달과 같은데 얼굴에는 빛이 비치고 있었다.

---

2) 중국 곤륜산에 살고 있다는 선녀를 가리킴.

3) 중국 당 태종의 총비 양귀비. 자는 태진.

  이생이 한번 돌아보고는 비록 정절(貞節)을 지키고 있는 선비의 아들로서도 경국(傾國)의 미색(美色)임을 가만히 탄복하지 아니할 수 없었다. 흘겨보는 눈초리로 정을 보내면서 바라보고 또 바라보았다.

  이윽고 오유란이 엿보고 있음을 깨닫고 몸을 돌려 일어나 가는데, 걸음걸이가 단정하고 우아하여 완연히 서시(西施)[1]가 월(越)나라 궁정 뜰을 걷는 것과 같아서 정말로 절대가인이었다.

  이러한 후로부터 혹은 닷새를 간격하여 혹은 사흘을 간격하여 오유란은 언제나 전과 같은 모습을 하고 그곳에 가서 앉아 돌아보기도 하고 엿보기도 하면서 그 아름다움을 자랑하는 듯이 하고 있었다.

  여기에 있어 고이한 것은 이생이 오유란을 한 번 보고 난 후로 방탕하여져서 공부하는 마음을 멀리하고 한 번 보면 두 번 보고 싶고 두 번 보면 세 번 보고 싶고 네 번 다섯 번 봄에 이르러서는 오로지 마음을 그 미인에게만 두었다. 결심이 풀어져서 공부를 하여도 힘쓸 줄을 모르고 밥을 먹어도 밥맛을 알지 못하였다. 책을 덮고 홀로 앉아 실신한 듯이,

  "사람이 세상에 태어나 사는 것이 얼마나 되며 그 즐거움이 또한 얼마나 되는고."
하면서 길이 탄식하였다.

  이로부터 날짜를 헤아리며 그 여인을 기다리는데, 오유란은 일부러 가지를 않았다. 이생은 하루가 삼추(三秋)와 같아 항상 마음이 불안하였다. 못가를 살펴보니 언덕은 고요하고 길게 뻗

---

1) 중국 춘추 시대 월나라의 미인.

어 있는 담머리에는 사람의 그림자를 찾아볼 수 없었다. 이생은 인정의 박정함을 슬퍼할 뿐이었다. 여인이 오지 않으므로 인하여 머리를 싸매고 이불을 덮어쓰고 누웠으니 곡기도 물 한 모금도 목에 넘기지 못한 지가 수일이 되었다.

하루는 해가 지자마자 빨랫소리가 은은히 베갯머리에 들려왔다. 이생은 한편으로 기쁘고 한편으로 바빠 아픈 몸을 억지로 일으켜 맨발로 허둥지둥 중문 밖에 나가 머리를 들어 살펴보니, 가슴에 품고 있는 그 여인이 완연히 못가에 앉아 손에 방망이를 쥐고 눈으로는 추파를 보내고 있지 아니한가.

이생은 기다린 지 오래인지라, 마음은 넘치고 뜻은 바빠 발을 재촉하고 나아가 머뭇거리면서 말을 하고자 하다가도 말을 멈추기를 서너 번 하다가는 체면 불구하고 맹호가 수풀에서 나오는 것과 같이 걸어가서 푸른 매가 꿩을 채가는 것과 같은 모양으로 다가섰다. 오유란은 반은 놀라고 반은 의아하여 어리석은 듯 부끄러운 듯이 몸을 일으켜 앵두 같은 입술을 반쯤 열고 말하는 것이었다.

"남녀가 유별한데 이 무슨 일이오며 백주대로에 이 무슨 모양입니까?"

이생은 턱을 어루만지며 기꺼운 듯이 말하였다.

"성은 무엇이고 이름은 누구시며, 누구네 댁의 따님이십니까? 그리고 어느 곳에 사십니까?"

오유란은 반은 아리따운 태도를 머금고 반은 부끄러운 입술을 열어 고객를 숙여 대답하였다.

"소녀는 본시는 양가(良家)의 딸이었어요. 일찍이 어버이를 잃고 외사촌 댁에서 자라났지요. 겨우 비녀 지를 나이에 이르러서 서촌(西村) 장사랑(張四郞)한테로 시집을 갔사오나 명도(命道)가 궁박하여 시집 간 지 몇 달도 못 되어 상부(喪夫)하고 말았어요. 그러나 삼종(三從)의 예(禮)를 쫓을 길이 없어 다시 외사촌 댁으로 와서 대나무를 짝하고 소나무를 벗삼으면서 다만 정절만을 생각하고 지내온 지 이제 3년이 되었어요. 저는 나이는 19이옵고 성은 오(烏)이며 이름은 유란(有蘭)이라고 부르옵니다. 알지 못하겠사오나 존군(尊君)은 어찌하여 물으시는지요?"

이생은 과부가 되어 수절하고 있는 여자임을 알고서는 더욱 들뜨는 마음을 이기지 못하여 말하였다.

"나는 본시 서울 사람으로서 감사를 따라왔다가는 요사이는 별당의 주인이 된 이랑(李郞)입니다. 낭자에게 원하옵건대 나의 청을 들어 깊이 생각해 주시기 바랍니다. 낭자께서 여기에 옴이 무릇 그 몇번이오며 오늘 오심이 어찌 그리 늦으셨습니까. 낭자께서 여기 오셔 나를 알고 내가 낭자를 알기는 이제 거의 한 달이 되었습니다. 원한을 품고 병이 되었으니 이것은 이 누구의 탓인지요. 여러 말이 필요치 않으니 이제 한마디로 승낙 여부를 말씀해 주실 수 없으시겠습니까?"

"옛말에 이르기를 말 한 마디로 싸움을 일으키고 한 마디로 화평을 시킬 수 있다고 하였으니 말을 삼가지 않을 수 없사오며 듣는 사람도 또한 삼가지 않을 수 없습니다. 들을 만하면 들을 수 있고 들을 수 없는 것이오면 들을 수 없사오며 듣고 아니 듣고는 저에게 있사오니 존군은 말씀해 보옵소서."

이생은 손바닥을 비비면서 한숨을 크게 쉬고 말하였다.

"나도 청춘이요, 낭자도 또한 청춘입니다. 청춘으로서 청춘

을 기다리는 것이 어떠하며 또한 무릇 인명이 지중하니 바라건
대 나를 가련히 여겨 주오."

오유란이 잠깐 돌아보고 생긋이 웃으며 말하였다.

"인명이 중하다 함은 중합니다마는 저에 대해서는 부당한 말
씀이옵니다. 일개 여아로서 어찌 감히 존군의 목숨이 중하고 중
하지 않음에 대하여 관계할 바가 있겠사와요. 자꾸 그같이 말씀
하시면 심중 매우 황공하옵니다. 미천한 몸으로 비록 닦고 배운
바는 없사오나 어찌 인색하리이까마는 그러나 부득이한 사정이
있어서 두 낭군을 받들지 못하겠나이다. 그러하오니 스스로 귀
하신 몸을 사랑하사 보중하옵소서."

"어떠한 사정인가요?"

"존군은 서울의 귀족이요 일시의 호걸이온데 소녀는 먼 지방
의 미천한 여자입니다. 백년 해로(偕老)를 마음에 맹세하였다가
하루 저녁에 바람이 불어 꽃이 시들어진 후이면 반생 동안의 깨
끗한 몸이 더러워지고 흰 옥이 물들어 버린 수치를 말하기조차
추하며 뉘우친들 어찌 미칠 수가 있겠습니까. 악창(樂昌)의 거
울[1]은 다시는 밝아지지 않을 것이며 상중(桑中)의 시(詩)[2]를 마
음놓고 논할 수가 없을 것입니다."

이생은 웃으며 말하였다.

"그 무슨 말씀입니까. 금석같이 기약할 수 있으며 일월을 두
고 맹세할 수 있습니다. 낭자께서는 이미 정절의 마음이 있고
나 또한 뜻있는 선비옵니다. 우리 두 사람의 마음을 우리 두 사
람이 서로 화합하고 한마음으로 서로 맹세한 후이면 나의 뜻을

---

1) 중국 악창에서 나는 유명한 거울.
2) 《시경》의 용풍 상중 편의 시.

앗을 수 없을 것이고 낭자의 마음도 또한 더욱 굳어질 것입니다."

하고는 손목을 잡고 이끌었다. 오유란은 즐거워하지 않는 것 같으면서도 싫은 뜻은 없었다. 별당으로 같이 들어가서 밤이 이슥한 다음 잠자리에 드니 공작이 붉은 하늘에서 날고 원앙이 푸른 물에서 노는 것과 같았다.

이러한 후로 오유란은 날마다 어두워서 와 가지고 어둠을 따라 돌아가니 혹 바깥 사람이 알까 봐 두려워하는 것과 같았다. 이생은 이미 그 아리따운 얼굴에 도취되고 또 그 민첩한 행동을 기특히 여겨 스스로 신정(新情)이 미흡하다고 여겼다. 기특하다, 오유란이 사람을 선선히 사랑을 유혹함이여!

감사는 그 전후의 동정을 탐지하고 비밀히 분부를 내려 걸음을 잘 걷는 자를 골라서 편지 한 장을 가지고 서울로 올라가다가 모처에 머물러 있다가 여차여차 하라고 하였다. 또 편지 한 장을 써서는 한 노복을 주며 내일 모시에 여차여차 하라고 하였다.

이튿날 아침 한 동자로 하여금 별당에 가서 전갈하게 하였다.

"요사이 기체(氣體) 어떠한가. 공부에 더욱 힘쓰고 있는지? 봄 새는 남쪽을 그리워하고 가을 말은 북쪽을 싫어하는데 객회(客懷)가 울적함은 피차가 일반이라. 진번(陳蕃)의 탑(榻)[1]은 여러 날이 걸리 것이거니와 안도(安道)[2]의 방문에는 뜻이 없겠나.

---

1) 중국 동한의 진번이 특이한 탑을 만들어 걸어 놓고 서치가 있을 때에만 그것을 내려 우대했다고 함.
2) 중국 진(晉)나라 때의 연국인 대규. 성품이 고결해서 고사(高士)를 자처. 거문고를 잘했다고 함.

잠깐 옥체를 굽혀 친구의 희망을 저버리지 말게."

이생은 이미 전일의 이생이 아니었다. 날씨가 화창하고 호탕한 기분이 넘쳤다. 한번 친구끼리 서로 만나 달이 넘도록 막힌 정회를 펴 보리라 마음먹고는 즉시 선화당으로 가서 서로 인사를 나누니 감사는 이생을 위로하며 말하였다.

"형은 공부하기에 과로하였던가, 식음이 달지 아니하였던가, 요사이 얼굴이 어찌 그리 수척해졌는고?"

"객이 된 사람으로서 자연 생각이 많아 그러겠지."

이윽고 밥과 술을 가지고 왔다. 갑자기 삼문(三門) 밖에서 문을 두드리는 소리가 요란스럽게 울려 왔다.

감사가 그 까닭을 물어 보라 하니, 한 노복이 서울에서 급보를 가지고 왔다고 하였다. 즉시 불러들이게 하니 부복하고 한 봉서를 올렸다.

이생이 객중(客中)에서 바쁜 손으로 열어 본즉, 이재상의 환후(患候)가 조석으로 급하다는 사연이었다. 이생의 안색이 별안간 변해지고 어찌할 바를 몰라하였다. 감사는 슬픈 듯이 위로의 말을 하였다.

"연세도 젊으시고 옥체도 건강하시온대 어찌 그리 빨리 돌아가시게 되었을까?"

급히 노복으로 하여금 좋은 말을 골라 떠날 준비를 해주었다. 행구(行具)가 갖추어지자 감사는 이생을 말에 오르라 하고는 말하였다.

"부디 몸조심하게."

이생은 주저하고 떠나기 싫어하는 듯하면서 말을 하려고 하다가도 차마 하지 못한다. 뜻이 있는 것 같았으나 말을 하지 못

하고 벅찬 가슴을 누를 수 없어 눈물을 떨어뜨린다. 실은 오유 란을 위하여 작별의 말을 한 마디도 할 수가 없어서 그러한 것이었으나 보는 사람들은 사람의 자식된 도리로 보아 당연하다고 생각하였다.

말을 몰아 채찍을 두르며 대동강을 건너서면서부터 만수(萬水)와 천산(千山)은 아득하여 수심을 돕고, 장정(長亭)과 단정(短亭)은 그윽하고 멀어서 슬픔을 더하였다. 병점(餠店)과 주점(酒店)이 많지 않음이 아니었지만 먹어도 스스로 단 줄을 모르겠고 노류장화(路柳墻花)를 지나지 아니함이 아니었건지만 자위(自慰)코자 하는 마음이 없었다.

전진하면서 가는 길에 밤낮으로 걷다가 피로하면 쉬고 하였다. 하룻밤 자고는 봉강(鳳江)을 지나고 이틀밤 자고는 개성을 지났다. 사흘 밤 자고는 양철평(梁鐵平)에 다다르니 산천은 옛과 같고 물색도 다름이 없었다. 해는 이미 기울어졌고 마음은 조마조마하였다. 이때 어떤 건강한 노복이 화살처럼 나는 듯이 앞에서부터 와서는 길 왼쪽에서 절을 하며 물었다.

"행차는 어느 곳에서 출발하였으며 장차 누구의 댁으로 가십니까?"

종 녀석은 일이 있음을 의심하고 주저하면서 대답하였다.

"평양 감영으로부터 서울 이승상(李丞相) 댁을 향하여 가거니와 어찌하여 묻습니까?"

이에 그 노복은 꿇어앉아 편지 한 장을 올렸다. 이생은 말 위에서 뜯어 보니 곧 가신(家信)으로서 부친의 병환이 완쾌하여 뜻하지 않았던 경사이나 구기(拘忌)[1]한 일이 있으니 집에 들어오지 말고 바깥으로부터 도로 돌아가라는 사연인데 친교(親敎)

가 매우 엄하였다.

이생은 이미 기쁜 소식을 듣자 실로 만행이라 여기고 또 되돌아가라는 가르침은 더욱 다시없는 좋은 기회라 생각하며 편지의 뜻을 종들에게 알리고는 즉시 말을 돌리라고 명령하였다. 이생은 즐거운 듯이 마부에게 분부하기를,

"채찍을 휘둘러 말을 달리되 다른 생각은 말고 빨리 가기만을 생각하라."

고 하였다.

마부는 문득 어떤 뜻을 먹고 일부러 말을 빨리 모는 체하니 말은 오히려 가지 아니하고 신음만 한다. 이생은 말이 잘 달리지 않음을 보고 괴이쩍게 여겨 마부를 바꾸라고 호령하면서 몰아치기를 마지않았다. 빨리 가고자 하나 방법이 없었다. 노상에서 오래 머무르면서 여러 날을 헛되이 보냈다. 일순(一旬)이 지난 후에야 겨우 영제교(永濟橋)를 건넜다. 차차 긴 숲 속으로 들어가니 풍경은 어제와 같은데 생각은 새로왔다. 오호라! 괴이하다. 수풀 밑 길 왼쪽에 한 새로운 무덤이 우뚝한 봉우리를 이루고 있어서 길에서도 손가락으로 가리킬 수 있었다. 이생은 어제 없던 것이 오늘 있음을 괴이히 여겨 말을 멈추고는 마부를 보고 말하였다.

"아침의 이슬은 마르기 쉽고 사람의 일은 헤아릴 수 없도다. 어떠한 사람이 별안간 죽어서 이 큰길 옆에다 묻었을까?"

때마침 2, 3명의 초동(樵童)이 노래를 부르면서 지나갔다. 이생은 초등을 불러 물어 보았다.

---

1) 좋지 않을까 꺼림.

"저기 있는 새 무덤을 너희들이 혹 알고 있느냐?"

초동들은 머리를 긁적이며 얼굴을 돌리고 한참 있다가 대답하였다.

"일인즉 비참하고, 말할 것 같으면 슬픈 사연이오니 처음부터 즐겨 말할 것이 못 됩니다."

이생은 이야기해 보라거니 초동들은 말 못 하겠다거니 하기를 두세 번 실랑이를 하다가, 초동들은 마지못하는 듯이 말하였다.

"이 성중에 천하에서 제일 가는 수절하고 있는 열녀가 있었지요. 3년을 과부가 되어 살았으나 곧은 마음은 백년이 하루 같았답니다. 새 사또가 부임한 후 별당에서 거처하고 있는 객으로서 천하의 무도하고 후레자식인 이가란 자는 감히 도적놈의 마음을 품고 가만히 행실을 팔기를 짐승의 행동과 같이 하였답니다. 그 처음 친함에 있어서는 백년가약으로서 유혹하고는 그 뒤 헤어짐에 있어서는 일언반구의 말조차 아끼고 나눔이 없었으니 그것을 사람이라고 한다면 누구인들 사람이 아니겠습니까. 이럼으로써 그 과부는 정심(貞心)을 품고 죽었답니다. 한때의 사랑을 한(恨)하고 반생(半生)의 원한을 품고 식음을 물리치니 날로 쇠하고 시시로 말라가서 백약이 무효하고 죽음에 임하여 유언하기를, '나를 유혹한 사람도 이랑이었고 나를 병들게 한 사람도 이랑이옵니다. 그러하오나 나는 살아서 이미 이씨의 사람이 되었거니와 죽어도 또한 이씨의 혼이 될 것입니다. 이씨는 서울의 거족(巨族)으로 조만간에 반드시 등룡(登龍)할 것이며 벼슬을 제수받아 여기를 지나는 일이 있을 것입니다. 나를 여기에다 묻어 두고서 이랑으로 하여금 거칠은 무덤을 한 번이라도 돌보게 해준다면 어찌 황천에서도 고혼(孤魂)의 영광이 아니겠습니까' 하는 뜻을 손가락을 깨물어 혈서를 써 가지고 세상에 남겨 놓았지요. 이웃 사람들이 불쌍히 여겨 여기에다 묻고 그 소원을 풀어 주었거니와 행차는 어찌하여 물어 보십니까?"

이생은 원래 유정한 사람이라 정신을 잃고 마음과 창자가 끊어지고 찢어지는 것과 같아서 스스로 슬픔을 금하지 못하고 거의 미친 사람과 같았고 취함 사람의 모양과 같았다. 말에서 내려 상점으로 들어가 즉시 한 노복으로 하여금 성중으로 들어가서 술과 과일을 사 오게 하였다. 그리고 한 제문을 지은 후에 몸을 무덤에 던지고 엄숙히 종이를 불사르면서 운감하기를 청하니 그 제문은 이러하였다.

'유세차 병인 사월 을축 삭 삼십일 갑오(維歲次丙寅四月乙丑朔三十日甲午)에 한양의 정인(情人) 이랑은 변변치 못한 주찬을 삼가 차려놓고 두어 줄의 제문을 지어 가지고 한을 머금고 기성(箕城)1)의 절부(節婦)2) 고(故) 오유란(烏有蘭) 낭자(娘子) 영전에 고결의 말씀을 사뢰나이다. 오호 슬프고도 원통합니다. 부창부화(夫唱婦和)는 백년의 가약을 지켜나가기 위함이요, 부생모육(父生母育)은 저버리기 어려운 망극한 은혜입니다. 우리들의 가연이 겨우 정해지려고 할 때 친환(親患)의 급보를 어찌하리이까. 서산의 해가 기울어지려고 함에 있어서 오직 어버이를 섬길 날이 적음을 생각하였을 뿐 동상(東床)의 가약을 맺음에 있어 거문고 줄이 끊어질 때가 그렇게도 빨리 닥쳐오리라는 것을 어찌 생각하였겠습니까. 작별의 말을 전하고자 하다가 전하지 못

---

1) 평양의 옛 이름.
2) 절개 있는 부인을 가리킴.

하였음은 사세가 그렇게 되어서 그러하였습니다. 그러하오나 증도에서 되돌아서면서 즐거움을 화려한 휘장 속에다 두었으며 긴 숲을 지나 다리를 건넌 후로는 희망을 별당에다 두었더니 천리(天理)는 믿기 어렵고 인사(人事)는 어그러짐이 많은지요. 꽃은 갑자기 뜰 앞에 떨어지고 옥(玉)은 이미 방 안에서 깨어지고 말았습니다. 가기(佳期)[1]가 막히고 말았으니 청란(青鸞)이 홀로 날음을 상심하고 고혼이 원한을 품게 되었으니 단봉(丹鳳)이 울음 잃었음을 애석히 여길 뿐입니다. 두견이 울음과 봄바람에 호접의 꿈은 천겁(千劫)토록 이미 헛된 것이 되고 말았으며 다시는 같이 만나 놀 수 없게 되고 말았습니다. 순탄지 못한 인생을 스스로 불쌍히 여기고 봄이 늦게 찾아온 것을 한하지 않습니다. 창자는 비록 끊어지는 일이 있더라도 정은 끊기가 어려울 것입니다. 살아서 이미 날 따랐으니 죽었어도 또한 나를 따르겠지요. 낭자의 평생에 있어서 모든 범절이 남과 아주 달랐으니 만일 저승에서 나의 뜻을 알아 줌이 있다면 돌보시와 황천에서 다시 한 번 만날 수 있도록 하여주신다면 조랑(趙郎)의 지정(至情)에 감동하여 애랑(愛郎)의 전연(前緣)을 잇겠습니다. 글은 말을 다할 수 없고 말은 뜻을 다할 수 없사오니 오호 슬프오이다.'

한 구절을 읽을 때마다 소리를 삼키면서 흐느꼈다. 고하기를 마침에 무덤을 치면서 소리를 내어 크게 우니 숨이 세 번이나 막혔다. 노복은 안타까이 여겨 손으로 붙들어 일으키면서 말하였다.

"일은 이미 지나갔습니다. 한갓 상심만 더할 뿐이오니 몸조

---

1) 가장 아름다운 시기.

심하시고 좀 진정하십시오."

이생은 흐느껴 울면서 목쉰 소리로 말하였다.

"너야 어찌 알겠나. 내 이 사람에 있어서 비록 육례(六禮)[2]는 갖추지 못하였으나 일찍이 백년해로의 약속은 있었으니 나로 인하여 병이 들었어도 약 한 첩 보내지 못하였고 나로 인하여 죽었어도 장례에 참여하지 못하였으니 어찌 원통하지 않으며 어찌 슬프지 않겠나. 곡(哭)은 저를 위함이 아니고 나는 사사(私事)를 위함이다. 사사는 나에게 있는 것이 아니라 저의 정에 있나니 정(情)과 사(私)가 서로 얽히고서 누군들 이와 같지 않겠느냐. 나 아니고서 네가 당하였다고 하면 어찌 능히 홀로 그렇지 아니하겠는가?"

그러고는 소매를 들어 눈물을 닦고 물을 떠서 얼굴을 씻고는 마부의 부축으로 말에 올라 선화당으로 돌아갔다.

감사는 바삐 나와 맞이하며 놀란 듯이 이생을 보고 물었다.

"춘부장의 병환은 어떠하오며 갔다가 돌아오기가 어찌 이같이 빠른가?"

이생은 소매 속에서 가서(家書)를 꺼내어 보이며 말하였다.

"친환이 완쾌하시고 또 교의(敎意)가 이와 같기로 마지못하여 돌아왔네."

"형이 길을 떠난 후로부터 즐거운 밤이 불안하더니 이는 실로 듣기를 원한 바이었으니 만행(萬幸)일세. 그런데 형의 얼굴이 어찌 그리 수척한가?"

"급보가 온 이래로 여러 날을 길에 있었고 자연 먹어도 맛을

---

2) 혼인의 여섯 가지 의식.

모르고 잠을 자도 편치를 못하여 그러하겠지."

"이것은 한때의 액회(厄會)이니 다시는 깊이 근심하지 말고 공부에 더욱 힘을 써서 속히 어버이를 영화롭게 해주시게."

말을 마치고는 술상을 가져오라 하였다. 조용히 이야기하기도 끝나기 전에 이생은 몸이 피곤함을 핑계하고는 이전에 거처하던 별당으로 물러가 보니 나나니가 집을 지었고 발이 긴 거미와 흙 벌레 들이 방 안에 기어다니고 황락(荒落)하여 사람은 볼 수 없고 오직 뜰 안의 꽃이 바야흐로 피어서 웃음으로 사람을 맞이하고 섬돌의 풀은 이슬을 머금고 있어 사람으로 하여금 눈물을 더하게 할 뿐이었다. 주인은 다시 왔건만 미인은 어디에 갔는지 오직 초당(草堂)만이 우뚝이 홀로 남아 있다. 먼지를 쓸고 누우니 만사에 무심하고 오장이 끊어져서 온갖 병이 얽히었다. 임염(荏苒) 수일(數日)에 반드시 죽으리라는 것을 스스로 알았다.

마침 달 밝은 저녁을 당하여 깊이 신음하고 깊이 탄식하며 전전반측(輾轉反側)하고 있는데 갑자기 들으니 담 밖에서 어떤 곡성이 원망하기도 하는 것 같고 호소하는 것 같기도 하여 마디마디 슬프고 아프며 똑똑하지는 아니하나 그 여인의 소리와 같았다. 이생은 이상한 생각이 언뜻 들어 아픈 몸을 부축하고 급히 일어나 옷을 잡으며 창을 열고 머리를 들어 살펴보았다. 달빛이 훤하고 사람의 그림자가 어른어른하는데 마음에 품고 있는 바로 그 여인이 연한 화장을 하고 흰옷을 입고서 짧은 담에 기대어 슬픈 울음과 원망의 말을 지나간 일을 독백하고 있는데 정녕 알 수 있는 내용이었다.

이에 반은 믿을 수 있고 반은 의심이 나고 한편으로는 기쁘고 한편으로는 놀라와 엎어지고 자빠지며 나아가서 손목을 잡고 말하였다.

"참이오 거짓이오, 낭자는 누구십니까? 나는 기억이 나지 않거니와 어찌 원망과 사모의 정이 간절하여 나를 이같이 느끼게 하시나요? 정말로 낭자일진댄 어찌 정례(情禮)가 식어서 이같이 나를 멀리하십니까?"

"저는 오유란입니다. 낭군님은 어제 성문 밖의 무덤을 보지 아니하였습니까? 한 글월의 고결(告訣)이 낭군님에 있어서는 간절한 정의에서 나왔겠지만, 저에 있어서는 어찌 영총(榮寵)이 아니겠어요? 썩은 뼈에 장차 살이 붙고 고혼이 다시 사랑을 찾게 되면 사례를 하옵고 또 낭군님이 생각해 주시는 데 대하여 보답하고자 하옵니다만 이미 저승에 있는 몸이오나 실로 슬픈 일입니다. 이럼으로써 낭군님이 들으시고 저의 마음을 알아 주시기만 바랄 뿐이옵니다."

이생은 자못 그 뜻을 알아차리고는 지성으로 타이르며,

"이승과 저승의 길이 달라 사람들이 비록 꺼리는 바이나 정사(情思)가 간절하기로 나는 조금도 의심하지 않습니다."

곧 소매를 끌고 별당으로 들어갔다. 소식을 들음이 급함과 가약을 어기게 된 이유를 자세히 이야기하고는 병이 괴로와한 것과 운신(殞身)의 절개에 대한 사례를 하니 오유란은 눈물을 거두고 이야기를 하기 시작하였다.

"저는 본래 비천한 사람으로서 일찍 짝을 잃었으나, 삼정(三貞)을 잘 배워 한 마음을 굳게 먹고 있다가 군자(君子)를 뜻밖에 만나 사랑을 받고서 탁문군(卓文君)[1]의 홍취를 돋우고 오직

---

1) 중국 한나라 때의 부자인 탁왕손의 딸. 과부로 있다가 사마상여의 유혹에 끌려 그의 아내가 됨.

예양(豫讓)[1]의 정열을 사모하면서 비록 조강지처(糟糠之妻)는 아니오나 길이 낭군님을 모시고자 하였더니 어찌 된 일인지 좋은 일에 마(魔)가 많아 가기(佳期)가 막히고 낭군님께서는 홀연 만리 길에 오르시고 말았던 것입니다. 제가 스스로 일신을 돌아보니 같이 살고 같이 죽으려고 하였던 그 말을 실천할 수 없고, 일월을 두고 맹세하였으나 그 맹세를 좇을 수 없었어요. 작별한다는 말씀 한 마디 없었고 가시는 것도 몰랐던 까닭으로 이로 인해 병을 얻어 위중하여 실성(失性)하니 존재 없는 목숨이나마 불쌍하였습니다. 삶의 평안을 꾀하기를 알지 못함이 아니었읍니다만 평생에 부끄러운 일이 많아 도리어 세상을 저버리는 것이 빠름을 알지 못하였어요. 구슬이 깨어지는 것을 달게 여기고 구슬을 묻어 버리기로 뜻을 결정하고 보니, 마치 나는 모기가 등을 치는 것과 같고 어린아이가 우물에 들어가는 것과 같았습니다. 비록 목숨을 받음이 짧음을 알았으나, 어찌 낭군님으로 말미암은 깊은 원한이 없었으리이까? 목이 메일 뿐입니다."

이생은 오유란을 위로하며 말하였다.

"낭자는 실로 하늘이 나에게 주신 인연이으므로 사람의 힘으로는 감히 들어 줄 바가 아닙니다. 다만 봉조(鳳鳥)가 이미 꺾어졌고, 난조(鸞鳥)가 갈라졌음을 뼈아프게 느낄 뿐이었습니다. 어찌 깨어진 거울이 다시 둥굴어지고 끊어진 거문고 줄이 다시 이어질 수 있다는 것을 뜻하였겠습니까? 이치는 실로 믿기 어렵고 일은 매우 괴이합니다."

같이 잠자리에 드니 이불 속의 즐거움은 의심없이 옛날과 똑

---

1) 중국 전국 시대 진(晉)나라 사람. 지백을 섬겨 총애를 받았음.

같았다. 이생은 팔을 베어 주고 뺨을 맞대고 기쁨에 넘치는 정다운 말을 속삭였다.

"낭자는 이르기를 죽었다 하고 나는 살아 있는 사람으로서, 유명(幽明)간의 회합에 있어서 살찐 살결의 포동포동함과, 애틋한 정의 은근함을 옛날에 비하여 지금과 차이가 없으니, 나로서는 깨달을 수가 없구료."

"유명이 아주 다르다는 설(說)은 정말로 다른 사람에게 있는 것이고요. 자와 낭군님하고는 제가 살아 있을 때에 이미 가장 가까운 사이가 되었으니, 이제 와서 어찌 의심이 있을 수 있겠습니까. 다름이 있을 것 같으면 처음부터 가까이함이 부당하옵고, 가까이 하고서 의심한다면 저는 이 이상 말하지 않겠어요."

이윽고 북두칠성이 서쪽으로 기울어지고 새벽 종소리가 멀리서 들려 왔다. 오유란은 베개를 밀치고 일어나 옷을 입고 눈물을 뿌려 작별을 고하며 말하였다.

"우리들의 사랑은 이로부터 좀 멀어질 것입니다."

"오심이 어찌하여 더디었으며 또 정이 떨어진다는 말은 어찌 차마 그렇게도 빨리 하오."

"신도(神道)는 상도(常道)에서 어긋남이 많아 행적(行蹟)이 뜻과 같이 되지 아니합니다."

"그 무슨 말씀이며 그 무슨 정입니까?"

하며, 이생은 다시 오유란의 옷자락을 잡고 후에 다시 만날 수 있는가를 묻고 또 물으면서 맹세코 놓지를 않았다. 오유란은 쳐다보며 소리를 나직이 하고,

"낭군님의 유정함이 이에 이르렀는데 제가 어찌 무정하겠습니까? 삼가 가르침을 받들겠습니다."

고 하였다. 이러한 후로부터 오유란은 매양 해가 어두워지면 왔다가 새벽닭이 울면 돌아가곤 하니, 서로 떨어지기 어려워하는 정을 다시 새로와지고 흡족해졌다. 하루는 저녁에 이생이 한숨을 후유 쉬고 탄식하면서 말하였다.

"낭자가 빨리 왔다 빨리 감은 실로 재미있거나 즐거운 일이 아니며 같이 살고 같이 묻히자는 맹세는 도대체 어디에 있습니까? 한 번 태어났다가 한 번 죽는 것은 나만이 홀로 부끄러워하겠습니까. 바라건대 나도 죽어서 모름지기 낭자와 더불어 같이 갔다가 같이 오는 것이 어찌 좋은 뜻이 아니겠습니까?"

오유란은 놀라고 두려워하는 듯한 표정으로 말하였다.

"낭군님이여. 낭군님이여, 그 무슨 말씀이오니까? 제가 가장 천한 몸으로서 죽은 것도 족히 슬퍼할 것이 못 되오며 단 이미 지나간 일이온데, 낭군님은 존귀하신 몸으로 부모님이 살아 계시므로 마땅히 자중하고 자애하셔야 할 것이어늘 어찌하여 경솔히도 그와 같은 생각을 하시니 정말 황공하옵니다."

"내 부모에 대하여는 이미 불초한 자식이 되어 근심을 끼친 일이 많으며, 한 번 났다가 한 번 죽는 것은 또한 이치에 당연하므로 피할 수 없습니다. 공자(孔子) 같은 덕으로도 백어(伯魚)의 참사(慘事)가 있었으며, 인자(顏子) 같은 어짊으로도 이모(二毛)의 요절(夭折)이 있었으니, 하물며 나는 아무것도 비교할 만한 것이 없는데 무엇을 족히 애석하게 여길 것이 있겠습니까? 다만 꺼리는 것이 부친의 병환이 나으신 이때에 내가 죽었다고 부모님들이 통곡하는 것을 차마 볼 수 없을 뿐입니다."

"그렇다면 근심하지 마옵소서, 저에게 한 묘리(妙理)가 있사오니 그러한 말씀은 다시 입 밖에 내지 마십시오."

"묘리란 어떠한 것인가요?"

오유란은 입을 다물고 말을 하지 않고 오랫동안 침묵을 지키다가 손으로 이생의 팔을 잡고 여러 번 말을 하려고 하다가는 마침내 마지못하여 대답을 하였다.

"사람의 병자(病者)와 사자(死者)는 분명히 구별할 수 있지마는, 아픈 상태는 글로 표현할 수 없습니다. 제가 낭군님을 대접하는 방법이 다른 사람과는 같지 아니합니다. 비록 병이 들었더라도 아프지 아니하고 비록 죽었더라도 살아 있는 것과 조금도 다름이 없어서 정신도 그대로 있고 지각(知覺)도 그대로 있습니다."

"그러면 그러한 방법으로써 잘 주선하여 끝없는 즐거움을 꾀하는 것이 내가 실로 원하는 바이온데 낭자는 어찌하여 꺼리지요?"

"분부하심이 이와 같으니 그러면 오늘 저녁을 당하여 시험해 보겠습니다만, 한번 저를 따라 하룻밤만 지내고 나면 나타날 것입니다."

이튿날 새벽에 오유란은 먼저 일어나 베갯머리에 앉아 머리를 풀어헤치고 눈물을 짜고 깊이 탄식하면서 말하였다.

"세상일이 어찌 그리 덧없는지 낭군님이 돌아가셨네."

이생은 겨우 한숨을 자고 깨어나니 의심도 나고 놀라기는 하여 말하였다.

"어제의 나는 오늘의 나이고 오늘의 나는 어제의 나인데 어제는 옳고 오늘은 글렀던가. 정신도 초롱초롱하고 심신도 그대로 있어서 조금도 차이가 없으나 다만 조용히 한잠 잤을 뿐인데, 낭자는 어찌하여 나를 위하여 슬퍼하고 있소?"

"낭군님은 믿지 아니하십니까? 제가 말한 묘리는 바로 이것입니다. 아직은 떠들거나 시끄럽게 아니하는 것이 좋겠어요."

자리를 남쪽 벽 밑으로 옮겨 앉아서 동정을 살피니 동방은 이미 밝았고 붉은 해가 피를 쏟고 있었다. 붉은 벽 밖에 수상한 사람들의 그림자가 있는데 가까이 서서 말한다.

"불쌍하도다 청춘이여, 슬프도다 부모들이여, 아깝도다 문벌이여, 원통하도다 객사(客死)함이여!"

수 명의 노복들이 문을 열고 흘겨보고는 어떤 놈은 베를, 어떤 놈은 나무를 다스리곤 하다가, 우루루 쫓아 들어와서 번쩍하는 사이에 시체를 관(棺)에다 넣는 시늉을 하고 땅땅거리면서 뚜껑을 덮고 나갔다. 이생은 눈을 살며시 감고 하는 것을 다 보고는 비로소 몸이 죽었는가 의심하고서, 슬픈 표정으로 눈물을 글썽거리면서 중얼거렸다.

"사람의 목숨은 어찌 그리 쉽게 죽는고. 내 삶은 천지로부터 받아 가지고 부모가 있어도 자식된 도리를 다 못 하였고 친척이 있어도 화목을 돈독히 하는 줄을 알지 못하였으니, 살았을 때에도 이미 사람 사는 곳에서 불량한 사람이 되었고 죽어서도 또한 지하(地下)에 가서 처벌이 있을 것이로다."

스스로 슬픔을 금치 못하니 흐르는 눈물은 비가 쏟아지는 것과 같았다. 옛말에 하였으되,

'새는 죽으려고 할 때에 그 울음이 슬프고, 사람은 죽으려고 할 때에 그 말이 착하다,'

고 한 말은, 실로 헛된 말이 아니었던가 보다.

이생을 계교에 빠지게 해서 죽었다고 한 후로 한두 가지 가련한 마음이 없지는 않았으나, 이날 이후부터는 오유란이 수시로 출입하니 혹은 낮에도 자며 즐거워하고 혹은 밤에 술 마시며 이

야기하기에 밤 가는 줄도 모르고 도취하니 즐거움은 미진(未盡)하였고 사랑은 무궁하였다. 이생은 자득(自得)한 듯이 희언(戲言)을 오유란에게 보내며 말하였다.

"낭자의 묘술로 능히 나로 하여금 목숨을 좋이 마치게 하여주오. 목숨을 좋이 마치는 것은 오복(五福)의 하나라 감사하여 마지않겠소."

오유란은 대꾸를 하지 않았다. 오유란은 본시 민첩하고 다정한 사람이었다. 자주 배고프고 목마른가를 물으며 때때로 좋은 음식을 갖다 대접하였다. 이생은 그러한 좋은 음식을 가지고 오는 데에 대하여 감탄하면서 말하였다.

"거기에도 또한 묘방(妙方)이 있는 것 같은데 그 묘방은 어떠한 것이요?"

"토식(討食)이라는 것이지요."

"토식이라 이르는 것은 어떠한 것이오?"

"능히 말로 표현할 수 없습니다."

"자세한 이야기는 좋아하지 아니하니 나로 하여금 한번 보게 해주는 것이 어떠하오?"

"꼭 보시고 싶고 아시고 싶으면 택일(擇日)할 필요 없이 오늘 아침에 낭군님과 더불어 같이 가 봅시다."

이생은 좋아하고 관(冠)의 먼지를 털어 쓰고 옷을 털쳐 입고는 곧 나서려고 하였다.

때는 오월이라 날씨가 매우 더웠다. 오유란은 옆에 섰다가 침이 튀도록 웃으면서 말하였다.

"이같이 더운 날씨에 의관(衣冠)은 무엇 때문에 하십니까?"

"큰길에 나서면 여러 사람이 보고 손가락질할 것 아닌가. 내

무뢰배가 아닌 이상 더벅머리에다 관을 쓰지 않는 것이 어찌 옳
다고 말할 수 있소?"

"낭군님의 불통(不通)함은 어찌하여 그렇게 고지식하십니까?
살았을 때와 죽었을 때의 몸도 구별하지 못하고, 다만 몸가짐의
말할 뿐이니 사람은 우리를 볼 수 없지만 우리는 볼 수 있고,
사람들은 우리의 말을 들을 수 없지만 우리는 들을 수 있습니
다. 소리가 없고 냄새가 없는 것은 하늘이며 귀신의 도는 공허
하고 형체도 없고 자취도 없는 것은 음양이온데, 낭군님과 저의
처신에 있어서는 돌아보고 꺼리어 할 바가 무엇이 있으며 꾸미
거나 차릴 필요가 무엇이 있어요?"

"사람들은 비록 보지 못한다 할지라도 나로서는 어찌 마음에
부끄럽지 아니하겠소? 그러나 자취가 없다는 마을 들으니 적이
마음이 놓이는군."

이생은 가벼운 홑옷을 입고, 오유란의 손을 잡고 문을 나가면
서도 자기 몸을 돌아보고는 혹 사람이 알아볼까 두려워하니, 걸
음걸이는 인어(人魚)가 해막(海幕)을 엿보는 것과 같고 마음은
마치 꾀꼬리의 집이 바람부는 가지에 걸려 있는 것과 같았다.
어느덧 저자 있는 곳을 지나 이방(吏房)의 집으로 갔다. 3, 4리
(里)를 지나는 동안 이미 수천 명의 어깨를 스치고 팔을 치는
자가 많았으나 한결같이 보거나 아는 시늉을 하는 자는 없었다.

때에 이방이 집에 돌아와 아침을 먹고 있었다. 오유란은 먼저
방문 밖에 가서 이생을 보며 말하였다.

"낭군님은 여기에 머물러 있다가 가만히 보세요."

바로 들어가서 밥상을 대하나 사람들은 깨닫거나 알지 못하
는 체하였다. 왼손으로 뺨을 한 번 치고 오른손으로 가슴을 세

번 치니, 이방은 갑자기 젓가락을 떨어뜨리고 양손으로 가슴을 안으며 침을 흘리고 눈을 두리번거리면서 아프다고 하는 소리가 대단하였다. 온 집안이 놀라고 급히 서둘렀다. 큰아들, 둘째 딸이묘 처첩(妻妾)[1]들이 손을 모아 주물러 구완하고는 부랴부랴 장가(張哥)란 무당을 찾아가 물어 보고, 다시 오가(吳哥)란 맹인(盲人)을 찾아가 물어 보았으나 다 그대로 두면 죽는다고 하며 원통하게 죽은 남자 귀신과 여자 귀신이 서로 짜고는 앞서거니 뒤따르거니 와 가지고 일시에 달려들었으니, 술과 밥을 성대히 차려 놓고 귀신을 불러 배부르게 먹이면 괜찮을 것이라고 하였다.

이에 점장이의 말을 시험해 보기 위하여 떡을 사고 술을 받고 양고기를 삶고 굽고 해서 뜰 가운데 자리를 펴고 음식을 낭자하게 차려 놓았다. 오유란은 이것을 보고 이생에게,

"묘방은 바로 이것이랍니다"

하고는 이생의 손목을 끌어다가 술을 마시게 하였다. 이생은 굳게 사양하였으나 할 수 없이 조금 마시고는 젓가락을 놓았다. 오유란은 마른 고기를 싸면서,

"후일의 양식으로 삼읍시다."

하고는 보자기에 싸고 자루에 넣어 가지고 사나이는 지고 계집은 이고 하여 별당으로 돌아왔다. 이생은 배를 어루만지고 쉰 냄새를 토하면서 말하였다.

"오늘 일은 참 묘하군. 내가 전세(前世)에 있어서는 굳게 귀신의 설(說)을 믿지 아니하였다가 오늘에야 유명(幽明)의 다름

---

1) 아내와 첩.

을 겪어 보았소. 이로 본다면 마음놓고 무당들을 일시에 농락하기란 손바닥에 있는 것을 쥐는 것과 같군."

수일 후에 오유란은 또 물었다.

"낭군님은 한번 배불러 보시고 싶은 뜻이 없습니까?"

"뜻이 있구말구."

"여염집 사이에 동서로 다니며 함부로 빼앗아 먹는 것은 매우 잔인할 뿐더러 고상하지 못합니다. 이번엔 사또한테 가서 빼앗아 먹고 싶으나 낭군님의 뜻은 어떠하신지를 알지 못하겠습니다."

"그게 무슨 말이오. 그와 나의 사이는 일찍부터 형제와 같은 정의가 있었는데 내 비록 십순(十旬)에 구식(九食)을 하는 일이 있더라도 어찌 차마 빼앗아 먹겠소. 다시 다른 곳을 찾아보시오."

"의리를 가지고 의리를 가지고 말씀하십니까, 정의를 가지고 말씀하십니까? 가령 낭군님이 살아 있었을 때에 사또한테서 얻어먹은 것이 정의가 깊어져서 그러하십니까? 인정이 많아서 그러하십니까? 저는 매우 친밀하였습니다. 그래서 살았을 때나 조금도 멀리함이 없으니 이제 한 번쯤 음식을 빼앗아 먹는 데 대하여 무슨 꺼릴 것이 있겠어요?

"낭자의 말이 옳소!"

이에 오유란은 홑치마만 걸치고 일어나면서 말하였다.

"날이 더워 염려할 여지가 없습니다. 낭군님은 이미 시험해 보았거니와 사람이 누가 봅디까?"

이생은 고개를 끄덕이고 알몸으로 문을 나서니 행동이 어수룩하고 모습이 초라하였다. 축 늘어진 금경(金莖)은 두 방울 사이에서 끄덕끄덕하고 주먹의 반만한 동주(銅柱)는 양다리 사이

에서 달랑달랑하니, 대낮에 보는 사람 쳐놓고 누구나 웃지 않을
수 없었지만 엄중한 명령 하에 감히 지껄이지 못하였다.

그러한 모습을 하고 사람들이 우글거리는 삼문(三門)을 걸어
서 지나갔다. 즉시 선화당 대청 위로 올라가서 오유란이 물러서
며 이생에게 속삭이기를,

"사또가 저기 있으니, 낭군님은 이전 이방의 집에서 한 것과
같이 들어가서 사또를 치고 그 거동을 보십시오."

"나는 익숙하지 못한데 어찌 마음놓고 할 수 있을까?"

"일은 그리 어렵지 아니합니다. 저는 상하의 분수가 있어서
감히 할 수 없거니와, 낭군님은 무슨 꺼릴 것이 있겠습니까?"

이생은 마지못하여 허리를 꾸부리고 슬금슬금 앞으로 가서
머뭇거리고 서성대면서 보는 것과 같고, 아는 것과 같아서 바로
곧 행동을 취하지 못하고 이상한 눈초리로 살피고 있는데, 감사
가 가만히 담뱃대로 이생의 배를 쿡 찌르면서 말하였다.

"형장(兄長)은 이 무슨 꼴인가?"

이생은 깜짝 놀라며 털썩 주저앉고는 비로소 자기가 살아 있
음을 깨달으니 취몽(醉夢)이 삼월 봄날에 깬 것과 같고 훈풍(薰
風)이 한 가닥 불어온 것과 같이 정신이 들었다. 순간 어찌할 바
를 몰랐으나 곧 정신을 차려 보니 조금도 의심할 것이 없고 한
무덤에 자기가 팔렸음을 비로소 깨달았다. 기운이 탁 풀리고 맥
이 없어 어떻게 해야 좋을지를 몰랐다.

감사는 즉시 관비에게 명하여 옷 한 벌을 가지고 와서 입히게
하였다. 이생은 더욱 부끄러움을 이기지 못하였다.

이생은 이튿날 새벽에 노비를 마련해 가지고 감사도 만나 보
지 않고 오유란도 만나보지 않고 밤낮으로 달려 겨우 서울에 도

착하였다.

　부모들은 그의 얼굴이 핼쓱함을 보고 근심걱정을 하였고, 종들은 그 차림이 초라함을 살피고 의심하였다. 이생은 대답하기를 오는데 애를 먹고 병이 들어 고생을 한 때문이라고 하였다.

　이생은 정사(精舍)로 물러가 거처하며 설분(雪憤)에만 뜻을 두고 마음속으로 굳게 맹세하고는 열심히 공부를 하였다.

　그해 가을에 마침 임금님이 문묘(文廟)에 참배하심을 만나 글을 품고 가서 올렸던 바, 다행히 임금의 눈에 들게 되었다. 급제한 사람의 이름을 부르기도 전에 한림학사(翰林學士)[1]로 뽑혔으니, 부모님들이 다같이 즐거워 할 영광이요 친척들도 다같이 기뻐할 경하였다. 원근이 모두 기뻐 날뛰며 칭찬하느라고 입을 다물지 못하였다.

　이때 서쪽 지방에 심한 흉년이 들어 민심이 흉흉하였다. 임금은 근심하고 신하들을 보고 암행어사(暗行御史)[2]가 될 인재를 뽑아 오리라 하였더니, 곧 이한림(李翰林)이 뽑혔다.

　이한림은 새 명령을 분부받고, 설분할 기회가 닥쳐왔음을 못내 기뻐하며 매우 다행으로 여겼다. 행장(行裝)을 다스려 가지고 곧 떠나 전전(轉轉)하면서 서주(西州)로 가니 행로가 흥겨웠고 의기가 양양하였다.

　지나는 곳마다의 산천의 풍경은 옛날과 다름이 없고 그 옛날의 이생도 변함이 없었다. 두 물줄기가 잘리는 능라도(綾羅島)는 우뚝이 보여 기억에 떠올랐으며, 삼산(三山)이 반락(半落)한

---

1) 고려 시대 때 한림원 또는 학사원의 학자.
2) 조선 시대 때 지방 정치의 잘잘못과 백성의 질고를 살피기 위해 임시로 특파하는 비밀의 사자(使者).

모란봉은 세월을 겪기를 몇 번이나 하였건만 강산은 뚜렷하였다. 이생은 즐거운 흥취를 이길 수 없어 곧 시 한수를 지었다.

대동문 바깥 물은 남쪽으로 흐르는데,
노랑 돛단배가 고주(古州)에 걸려 있네.
천지에 몸을 붙여 이제사 벗어났고,
강산이 반가와서 다시 다락 오르고야.
영명사 깊은 탑은 중들의 구름 같은 꿈,
부벽루 높은 대는 나그네의 야수로세.
수의 입은 암행어사, 사람들은 모르는데,
임금님 은혜 받아 봄노래에 등반하리.

大同門外水南流 桂棹蘭檣係古州
天地寄身初脫縠 江山慣目更登樓
永明深榻僧雲夢 浮碧高臺客夜秋
衣繡暗行人不識 聖恩自重伴春遊

읊기를 마치고 나서, 채찍을 휘두르며 연광정(練光亭)에 올라가서 사방을 돌아보며 눈을 부비고 다시 보니, 그 옛날의 초당(草堂)은 아득히 눈에 들어왔다. 술을 마시고는 또 노래를 지어 불렀다.

도원 찾아 떠난 유랑[3] 이제 다시 돌아오니,

---

1) 중국 진(晉)나라 때 문인인 도잠이 지은 《도화원기(桃花源記)》에 나오는 유자기.

풍물도 달라졌고,
사람들도 알아 보지를 못하네.
짧은 지팡이를 자축거리고,
헤어진 의복이 남루하지만,
까마득한 세상에 눈이 열리니,
때가 오면 남아의 뜻을 펴리라.

桃園兮 昨到劉郎今重來 風物殊兮人
不識 短節兮彳亍 幣布兮襤縷 世宥
而開眼 時乎來兮有爲 男兒兮得意

노래를 마치고 역졸들과 더불어 비밀한 약속을 해 두었다. 그 날 밤중에 역졸 10여 명이 마패(馬牌)를 높이 들고 각각 몽둥이를 가지고 삼문(三門)을 두드리며 일시에 소리내어 외치기를,
"암행어사 출두하옵시오!"
하니, 우레와 번개가 백 리 밖에서 놀라고 천지가 한 성안에서 뒤집혀지는 것과 같았다. 관노(官奴)와 이방(吏房)은 일을 단속하느라고 이리 닫고 저리 달리며, 좌수(座首)와 별감(別監)은 눈을 휘둥그레 하고 가정(街亭)에서 당황하고 있으니 마치 솥물이 끓는 것과 같았다.
이때 감사는 마침 수청기생 계월(桂月)과 같이 자다가 갑자기 뜰문 밖에서 암행어사 출두하옵신다는 소리를 듣고 뜻하지 않았는 데서 당한지라, 황급히 일어나 촛불을 켜지 않은 채 어두운 데서 옷을 찾다가 겨우 뒤집혀진 옷 하나를 잡으니 곧 계월의 넓은 비단 중의였다. 내아(內衙)로 쫓아드니 모양은 수상하

고 괴이하였다. 계월도 또한 알몸으로 황급히 뒤따라 들어갔다.

감사는 본시 해학(諧謔)을 좋아하고 또 잘하는 사람이었다. 우환중에서도 계월이의 가는 허리 사타구니 사이를 손가락질하며 희롱의 말을 하였다.

"추위를 당하여 감기가 들었느냐. 어찌 그리 콧물을 많이 흘리느냐?"

계월이 슬쩍 돌아보며 대꾸하였다.

"사또께서는 승자(陞資)하시와 벼슬이 더 올랐습니까, 어찌 그리 화신(火腎)이 툭 튀어나왔으며 큼직하십니까? 그러하오나 이와 같은 액회(厄會)에 희담(戱談)이 무엇입니까. 원컨데 좀 정신을 차려 무사하기를 도모하옵소서."

이와 같이 황급한 때에 어사(御使)는 벌써 선화당으로 들어와서 높이 걸터앉아 특명으로 분부하였다.

"봉고(封庫)를 하고 형구(形具)를 갖추어, 수하를 막론하고 명첩(名帖)을 올리지 못하게 하라."

명이 떨어지자 이노(吏奴)들이 다투어 쫓아가서 감사에게 아뢰었다. 감사는 일이 잘 되어가는 꼴을 보고 모면하기 어려움을 깨닫고 또한 어사가 누구인지를 알지 못하였다. 감사는 두 세 명의 관노로 하여금 그 동정을 살펴보고 또한 용모를 알아보게 하였더니 갖다와서 보고하기를,

"어사의 나이는 30세 가량 되었고 얼굴이나 거동이 흡사 전날의 이낭주(李郎主)와 같으니 일이 매우 의아하합니다."

고 하였다. 감사는 반신반의하여 정말 그런 것 같지 않아 곧 오유란을 불러 분부하였다.

"너는 이랑(李郎)과 다정하고도 친숙한 사이였으니 오늘의 어

사또는 이랑과 흡사하다 하거니와 아직 그 진안(眞贋)을 알지 못하고 있느니 너는 모름지기 잘 살펴보고 자세히 보고하라."

오유란이 선화당으로 나와 몸을 숨기고 가만히 살펴보니 오늘의 어사는 전날의 이랑이며, 전날의 이랑은 오늘의 어사가 아닌가. 때는 비록 다르나 사람인즉 같아서 추호도 다름이 없고 조금도 의심할 바가 없었다.

곧 돌아와서 보고하기를,

"다시는 지나친 근심을 하지 마옵소서. 어사 되시는 사람은 곧 전날의 이랑주입니다."

감사는 기뻐서 얼굴빛을 고치며,

"내 이미 친구의 등과(登科)를 들었으나 오늘의 어사임을 알지 못하였구나!"

이에 빼앗겼던 혼을 거두고 의관을 가다듬어 한 통인(通人)으로 하여금 어사에게 명첩(名帖)을 올리게 하였다.

어사는 날카로운 소리로 거절하면서,

"내 본래 너를 알지 못하노라. 사또가 명첩을 올림은 무슨 까닭인고?"

하고는 즉시 통인을 묶어 내려놓고 종아리 30대를 치라 하였다.

감사는 거절당하였다는 말을 듣고 친히 나아가 보고자 하였으나, 다시는 명첩이 없기로 뛰어들어가 빳빳이 서서 어사를 향하여 말하였다.

"고인(故人)은 평안하셨는가?"

어사가 보고도 못 본 체하고 못 들은 체하니 감사는 앞으로 나아가서 손목을 잡으며 말하였다.

"형은 정말로 남아로서 뜻 있는 사람이라고 말할 수 있으니,

자네 일은 드디어 이루어졌네. 오늘 동생이 경악하고 황급하고 곤경에 빠졌던 것으로 말하면 오히려 형의 옛날에 속임을 당한 것보다 못하지는 않을 것일세. 한번 깊이 생각해 보게. 형이 별안간 영화의 길이 올랐음은 어찌 나의 한 정성의 소치로 말미암은 것이 아닌가. 이로써 말할진댄 형이 안 졌다고 말할 수 있으나 진 사람은 어사 자네일세."

이 말을 들은 어사는 풀이해서 생각해 보고 또 생각해 보니 마음은 스스로 열리고 입에서는 절로 웃음이 나와서,

"때도 이미 지났고 일도 오래 되어 할 수 없군."

하고는 곧 술을 가져오게 해서 감사와 즐겁게 마셨다. 감사가 너무 지나치게 속인 장난을 책망하고 용서를 입은 영광을 사례하니 어사는 얼굴을 붉히고 웃으며 말하였다.

"오늘은 소유문(蘇孺文)이 되어 친구와 더불어 술을 마시고, 내일은 기주 자사(冀州刺史)가 되어 일을 살핌은 마치 나를 두고 이름일세."

이튿날 날이 밝자 어사는 공청(公廳)에 나아가 앉고, 여러 형장(刑杖)을 갖추어 놓고 오유란이란 여인을 묶어 오게 해서 거적자리에 앉혀 섬돌 아래에 엎드리게 하고는 문을 닫고 날카로운 소리로 문초를 하였다.

"너의 죄를 네가 스스로 알고 있으니 매로써 죽이리라."

오유란은 나지막한 소리로 간곡히 아뢰었다.

"소녀가 어리석어서 무슨 죄인지 알지 못하겠나이다."

어사가 크게 노하여 문지방을 두드리며 꾸짖었다.

"관청에 매어 있는 여자로서 장부를 속여 희롱하기를 산 사람을 죽었다고 하고 사람을 가리켜 귀신이라 하였으니 어찌 죄

없다고 하느냐? 빨리 처치하고 늦추지 마라."

오유란은 다시 빌면서 말하였다.

"원하옵건대 어사께서는 잠시 문을 열고 한 번만 보아 주시어 소녀가 다만 한 말씀만 드린다면 회초리 아래 귀신이 된다 할지라도 다시는 원통함이 없겠사옵니다."

어사는 일찍부터 인정이 없는 사람이 아닌지라 그 말을 듣고야 낯익은 얼굴을 한 번 보니 오유란이 몸을 나타내고 살짝 쳐다보고 생긋이 웃으며 말하였다.

"산 것을 보고 죽었다고 한 것은 산 사람이 스스로 죽지 아니한 것을 판단치 못함이요, 사람을 가리켜 귀신이라고 한 것은 스스로 귀신이 아님을 깨닫지 못한 것이니 속인 사람이 나쁩니까? 너무 지나치게 속인 사람은 혹 있다고 할지라도 속임을 당한 사람으로서는 차마 말할 수 없을 것입니다. 또한 저는 사졸(士卒)이 되어 오직 장군의 명령을 들을 따름입니다. 일을 주장한 사람에게 책임이 돌아가야 할 것이어늘 어찌 사졸을 베려 하십니까?"

어사 듣기를 마치고 보니, 사정이 또한 없을 수 없고 사실이 또한 그러하였으므로 즉시 풀어 주도록 명하고 당상으로 오르게 하여 한 번 웃어 얼굴을 보여 주며,

"너는 묘기(妙妓)가 되고 나는 소년이 되어 일이 조금도 괴이함이 없으며 가운데서 일을 꾸민 사람이 매우 나쁘고 또 괴이하였으나 지금에 와서 생각한들 어찌 말할 수 있겠는가."

하고는 술을 가져오게 해서 잔치를 베풀고 그 옛날의 정회를 다 털어놓고 이야기하였다.

어사는 수일을 묵으며 여러 송사(訟事)를 다스림에 있어서 옳

은 것은 옳은 대로 죄는 죄대로 처리하였고, 가는 고을마다 수령(守令)을 표상할 만한 자는 표상하고 떨어뜨릴 만한 자는 떨어뜨리면서 일을 밝게 살피니 한 사람도 억울한 일이 없었다.

어언간 세월이 바뀌어 8, 9월이 되었다. 어사 이생은 다시 내직(內職)의 명령을 받으니 명성이 멀리까지 들렸다.

이 해에 감사도 또한 외직으로부터 벗어나 돌아오니 두 사람의 정의는 평생토록 두터웠다. 서로 도우면서 진급하여 다같이 정승이 되었다.

서로 도와 주는 덕(德)과 서로 변통해 주는 공(功)은 한대(漢代)의 소조(蕭曹)[1]와 같고 당대(唐代)의 방두(房杜)[2]와 같기 40여 년이나 그러하였다 한다.

---

1) 중국 한고조의 공신인 소하와 조참을 가리킴.
2) 중국 당 태종의 공신인 방현령과 두여회를 가리킴.

작품 해설

조선 영·정조 때에 나온 풍자 소설이다. 지은이는 알려져 있지 않으며, 한문본이다. 국립 중앙 도서관에 소장되어 있는 필사본이 유일본으로 총 38면이며, 면마다 10행, 행마다 20자 평균으로 쓰여져 있다.

서울에 사는 김생과 이생은 가까운 친구였다. 김생이 먼저 과거에 급제하여 평양 감사가 되자, 이생을 청해 후원 별당에 거처하게 했다.

이생이 별당에 파묻혀 독서에만 골몰하자, 김생은 기생 오유란을 시켜 이생의 뜻을 꺾고자 해서 연극을 꾸몄다.

오유란은 소복으로 갈아입고 이생이 거처하는 후원 별당 앞에 있는 연못에 가서 빨래를 하며 이생을 유혹했다. 드디어 오유란에게 완전히 빠져 버린 이생은 오유란에게 사랑을 고백하고 별당에서 인연을 맺었다. 이튿날 아침 이생에게 서울 본댁으로부터 편지가 왔는데, 부친이 위독하므로 빨리 오라는 내용이었다.

이생이 힘없이 서울로 올라가는 도중에서 의외에도 부친의 병환이 회복되어 가니 상경하지 말고 되돌아가라는 소식을 받았다. 이에 이생은 기쁨을 이기지 못하고 말을 달려 평양을 향해 길을 재촉했다.

겨우 일 주일 만에 대동강변에 이르렀는데, 전에 없던 새 무덤이 하나 길 옆에 생겼다. 옆에서 소를 먹이고 있는 목동더러 누구의 무덤이냐고 묻자 열녀 오유란이 한양 선비 이생에게 속고 자살한 무덤이라고 일러 주었다.

심장이 터질 듯이 놀란 이생은 슬픔을 참지 못하고 별당에 돌아와 병석에 누웠다. 그러던 어느 날 밤 오유란의 유령이 낭군을 잊지 못해서 왔노라며 나타났다. 기뻐 어쩔 줄을 모르던 이생은 그날부터 밤만 되면 오유란과 더불어 즐거운 시간을 보냈다.

이생은 밤에만 오유란을 만나는 것이 마음에 차지 않아 죽어서 함께 있기를 원했다. 다음날 새벽 눈을 떠 보니, 하인들이 이생이 죽었다고 슬퍼하며 임관하는 시늉을 하고 나갔다.

이에 이생은 자기가 죽어 환생한 줄 알고 슬퍼했다. 그 뒤로부터 이생은 오유란과 더불어 낮이나 밤이나 즐겁게 지냈다.

자신이 유령인 줄 알고 있는 이생은 오유란이 권하는 대로 발가벗고 거리를 왕래하기도 했다.

하루는 오유란이 이생을 보고 감사가 성찬을 차려 놓았으니 훔쳐먹으러 가자고 했다. 날이 더운지라 알몸으로 감사의 옆에 가서 무엇을 짚을까 살피고 있는데 감사가 연죽으로 이생의 배를 치며 "형장은 이 무슨 짓인가" 하고 꾸짖었다. 비로소 속은 것을 깨달은 이생은 부리나케 행장을 차리고 서울로 돌아갔다.

상경한 날로부터 열심히 공부해서 그해 가을에 과거에 급제하고 평안도 암행어사가 되었다. 김생에 대해 복수할 때가 온

것을 기뻐하며 평양에 내려간 이생이 기생과 동침중인 김생 앞
에 어사출또를 불러 통쾌하게 설욕했다.

이 작품은 양반들의 호색하고 위선적인 생활을 풍자한 소설
들 중에서도 그 수법이 가장 돋보이는 작품이다.

▌구 인 환 ▌

서울대학교 사범대학 국어교육과 졸업
서울대학교 대학원 국어국문과 수료(문학 박사)
서울대학교 사범대학 교수
국어국문학회 대표이사 및
한국소설가협회 이사
문학과문학교육연구소 소장
서울대학교 명예교수

우리 고전 다시 읽기

옹고집전

초판 1 쇄 발행   2003년 3월 20일
초판 3 쇄 발행   2007년 8월 16일

엮 은 이   구 인 환
펴 낸 이   신 원 영
펴 낸 곳   (주)신원문화사

주   소   서울시 강서구 등촌1동 636 - 25
전   화   3664 - 2131~4
팩   스   3664 - 2130

출판등록   1976년 9월 16일 제5-68호

✽ 잘못된 책은 바꾸어 드립니다.

ISBN   89 - 359 - 1095 - 3   03810